I0550827

THÉATRE DES FOLIES-DRAMATIQUES.

LES CASCADES

DE SAINT-CLOUD

COMÉDIE-VAUDEVILLE EN DEUX ACTES

DE MM. LAURENCIN ET MARC-MICHEL

Représentée pour la première fois, à Paris, sur le théâtre des FOLIES-DRAMATIQUES,
le 1ᵉʳ septembre 1849.

PRIX : 60 CENTIMES.

PARIS

BECK, LIBRAIRE

RUE GIT-LE-CŒUR, 12

TRESSE, successeur de J.-N. BARBA, Palais-National.

——

1849

LES CASCADES

DE SAINT-CLOUD

FOLIE-VAUDEVILLE EN DEUX ACTES

PAR MM. EUGÈNE GRANGÉ ET BLANC-CLAIRVILLE

Représenté pour la première fois, à Paris, sur le théâtre des FOLIES-DRAMATIQUES,
le 1er septembre 1870.

PRIX : 60 CENTIMES.

PARIS

BARBÉ, LIBRAIRE
rue ....

TRESSE, successeur de J.-N. Barba, Palais-Royal.

1871

LES CASCADES
DE SAINT-CLOUD
COMÉDIE-VAUDEVILLE EN DEUX ACTES,
DE MM. LAURENCIN ET MARC-MICHEL

Représentée pour la première fois, à Paris, sur le théâtre des FOLIES-DRAMATIQUES,
le 1er Septembre 1849.

PERSONNAGES.	ACTEURS.
CASSAGNOL, employé....................	MM. SERRES.
GIRAUDIER, idem........................	HOSTER.
DESCASTELS, poète fat et ridicule (45 ans).................	LASSAGNE.
EUGÈNE, commis de nouveautés...........	BRASSEUR.
MADAME CASSAGNOL, (32 ans)....	Mmes MARTINEAU.
ADÈLE, sa fille...........................	DINAH.
SÉRAPHINE, couturière....................	A. LEGROS.
PIERRE, garçon de restaurant.............	MM. ED. CLÉMENT.
UN GARÇON DE CAFÉ......................	DESQUELS.
UN DÉCROTTEUR........................	
PROMENEURS DES DEUX SEXES...........	

Le premier acte se passe à Paris. — Le deuxième acte, à Saint-Cloud.

ACTE PREMIER.

L'extérieur d'une mairie, à gauche, au deuxième plan. — Un café, à droite. — Au fond, le boulevard; une table et des chaises devant le café.

SCÈNE PREMIÈRE.

EUGÈNE, puis GIRAUDIER.

EUGÈNE, *sortant du café, à la cantonade.* Commencez toujours la partie... je vous rejoindrai ; j'aperçois mon oncle Giraudier, et j'ai à causer avec lui.

GIRAUDIER, *entrant par le fond, à gauche, et se brossant avec sa manche.* Allons ! bien ! bon !.. animal, va ! (*Il regarde à la cantonade.*)

EUGÈNE, *s'approchant.* Bonjour, mon oncle.

GIRAUDIER, *ôtant son chapeau et jetant un cri.* Mon chapeau aussi ! un chapeau tout neuf !.. Il n'y a pas une heure qu'il est sur ma tête... et vlan !.. (*Il veut le brosser.*)

EUGÈNE. Ne frottez donc pas... laissez-le sécher.

GIRAUDIER. Je voudrais que tous les cochers de fiacre...

EUGÈNE, *avec impatience.* Eh bien ! oui, mon oncle, oui... mais, dites-moi...

GIRAUDIER. Que diable me veux-tu ?

EUGÈNE. M. Cassagnol ?..

GIRAUDIER. Oui, très bien... nous causerons de ça... un peu plus tard... je n'ai pas le temps... nous avons à la mairie un travail très pressé pour le recensement.

EUGÈNE. Comme ça, vous ne lui avez rien dit hier soir, à lui ou à sa femme ?

GIRAUDIER. Eh ! j'aurais essayé, si M. Descastels n'était pas toujours là... (*Regardant son chapeau.*) 14 fr. 50 !!!

EUGÈNE. M. Descastels, mon rival !.. c'est ça !.. il y est toujours, lui !.. Il peut parler lui-même à mademoiselle Adèle ; il finira par s'en faire aimer peut-être !.. Et vous ne voulez pas que je me chagrine !..

GIRAUDIER. Mon Dieu ! que cet enfant me donne de tintouin !.... Est-il possible de tourmenter comme ça un oncle qui a un chapeau neuf dans un état pareil !.. Mais réfléchis donc que M. Descastels est riche, et que tu n'es, toi, qu'un petit commis de nouveautés !..

EUGÈNE. Bah ! bah ! qui sait ?.... Essayez toujours.

GIRAUDIER, *qui regarde son chapeau.* Comment, que j'essuie !.. Tu me disais d'attendre que ce fût sec ?..

EUGÈNE. Non... je vous dis : Essayez.., essayez de parler à M. Cassagnol.

GIRAUDIER. Chut ! Je t'aurai peut-être bientôt débarrassé de ton rival.

EUGÈNE, s'écriant. Du Descastels !

GIRAUDIER, effrayé. Chut donc ! Je ne désespère pas de lui faire flanquer la porte de Cassagnol sur le nez.

EUGÈNE, avec joie. Ah! que ce serait bien de votre part !.. Ah ! nom d'un petit...

GIRAUDIER. Eugène, pas de ces mots-là devant moi !.. laisse-moi faire..... Cassagnol m'attend (Il montre deux flûtes.) pour casser ces deux flûtes que je viens de nous acheter... Je suis sûr qu'il s'impatiente, qu'il bougonne, qu'il tempête..... et s'il savait que c'est toi qui me retiens...

EUGÈNE. Ah Dieu ! allez, allez vite !.. Si vous avez une bonne nouvelle à m'annoncer, (Il montre le café.) vous me ferez demander au café... nous nous sommes donné rendez-vous là, tous les employés du magasin pour aller à Saint-Cloud.

GIRAUDIER, examinant son chapeau et soupirant. Un chapeau que je me promettais depuis cinq ans...

EUGÈNE.

Air : *Va-t-en m'attendre.* (Loi salique.)

Oui, dans votre zèle,
Mon oncle, j'ai foi.

GIRAUDIER.

J'aurai ton Adèle ;
Va, compte sur moi.

EUGÈNE, ravi.

Pour moi, je vois luire
Le sort le plus beau.

GIRAUDIER, soupirant.

Que n'en puis-je dire
Autant d' mon chapeau !

ENSEMBLE.

EUGÈNE.

Dans votre zèle,
Mon oncle, j'ai foi,
Qu'on me donne Adèle,
Ou c'est fait de moi.

GIRAUDIER.

Oui, dans mon zèle,
Tu peux avoir foi,
J'aurai ton Adèle,
Va, compte sur moi.

(*Giraudier entre à la mairie.*)

SCÈNE II.

EUGÈNE, puis SÉRAPHINE.

EUGÈNE, tirant une petite lettre de sa poche. Mais qu'est-ce que je vais faire de mon billet, à présent, si ces dames ne vont plus à Saint-Cloud. (Apercevant Séraphine.) Ah ! tiens, mademoiselle Séraphine qui demeure dans leur maison... si elle voulait se charger...

(*Séraphine vient par la droite du boulevard et se dirige vers la gauche sans voir Eugène.*

— Elle est en toilette de grisette et porte un paquet comme les couturières.*)

EUGÈNE, allant à elle. Mademoiselle ! mademoiselle Séraphine !.... (Elle s'arrête et le regarde.) Pardon, Mademoiselle... est-ce que vous ne me remettez pas ?.. Eugène ?..

SÉRAPHINE. Ah ! oui... Monsieur Eugène Grattinot...

EUGÈNE, appuyant. Ga... pas Gra... Ga... ttinot...

SÉRAPHINE. Commis au *Pauvre-Jacques* !.. mais pardon, monsieur Eugène... je ne puis m'arrêter avec un jeune homme...

EUGÈNE. Ne craignez rien, il ne passe personne et... j'aurais deux mots à vous dire...

SÉRAPHINE, surprise. Ah ! mais on peut sortir de ce café... ou bien de la mairie, où travaille mon principal locataire...

EUGÈNE. Monsieur Cassagnol, je sais...

SÉRAPHINE. Un homme bien aimable, si ce n'était sa femme qui l'est si peu... sous prétexte que son mari l'est beaucoup trop... (Riant.) avec moi. Comme s'il y avait du danger... ah ben !... un cinquantagénaire... excusez !.. (Elle rit.).

EUGÈNE, distrait. Certainement... mais... je voulais donc vous demander...

SÉRAPHINE, l'interrompant. Et puis, dites donc, est-ce qu'elle n'est pas jalouse de ma mise aussi ! (S'animant.) Comme si je n'avais pas le droit de m'habiller aussi bien que madame Cassagnol !..

EUGÈNE, à part, regardant la mairie. Sans doute... mais...

SÉRAPHINE.

Air : *On aurait un joli bonnet.* (l'Enfant de la maison. — Gymnase.)

Si je veux,
Au gré de mes vœux,
Plaire à tous les yeux,
Et, simple grisette,
Comme elle, faire la coquette,
Qui me défendra
Ce doux plaisir-là ?
Qui pourra
Trouver mal à ça,
Et me défendra
Ce doux plaisir-là ?
Ma toilette
L'inquiète,
D' mes attraits, elle a donc peur ?
Ça la choque !
Je m'en moque !
Et j'en ris de tout mon cœur.

(Elle rit.) Ah ! ah ! ah !

EUGÈNE, inquiet. Plus bas donc...

SÉRAPHINE, fièrement. Parce que ?..

(Achevant l'air.)

Si je veux,
Au gré de mes vœux, etc.

Ah ! ah !.. mais nous rirons !.. Savez-vous ce que j'ai fait ?..

EUGÈNE. Non...

SÉRAPHINE. J'ai su que son mari lui avait donné une écharpe cerise et une capote bleue... v'lan... je m'en suis donné de pareilles et qui seront mieux portées que les siennes, je m'en flatte !... sera-t-elle vexée ! Je dois les étrenner aujourd'hui ! Sitôt que j'aurai essayé cette robe à sa fille. (*Elle montre son paquet.*)

EUGÈNE, *vivement.* Comment... vous allez lui essayer... à mademoiselle Adèle!.. Dieu! que vous êtes heureuse et que je voudrais donc être couturière... rien que pour ça...

SÉRAPHINE, *riant.* Tiens!.. tiens!.. Ah! par exemple! une charmante personne, elle...

EUGÈNE. Oh! n'est-ce pas? n'est-ce pas? et que ce serait dommage de la laisser marier à un Descastels...

SÉRAPHINE, *vivement.* Descastels... hein!.. vous avez dit?..

EUGÈNE. Descastels...

SÉRAPHINE. Un blond... tournant au pommelé...

EUGÈNE. Un auteur d'un tas de tragédies... à ce qu'il dit...

SÉRAPHINE. C'est bien ça... et il voudrait épouser mademoiselle Cassagnol !..

EUGÈNE. Il s'est mis sur les rangs, il est protégé par le père qu'il entortille avec ses bouts-rimés, et par la mère...

SÉRAPHINE. La mère aussi!.. madame Cassagnol?.. il lui fait des déclarations en devises de bonbons, je parie.. comme à moi..

EUGÈNE. A vous !..

SÉRAPHINE. Ah ! le scélérat!.. ah ! voilà un homme monstrueux !.. depuis six mois qu'il me berce...

EUGÈNE. Il vous berce?..

SÉRAPHINE. De notre mariage.

EUGÈNE, *vivement.* Oh! mais alors... bravo... ah mais, très bien !..

SÉRAPHINE. Par exemple !

EUGÈNE. Nous allons établir entre nous une entente cordiale.

SÉRAPHINE, *d'un air sévère.* Une entente cordiale... comment l'entendez-vous, jeune homme ?

EUGÈNE. Pour commencer, puisque vous devez essayer une robe à mademoiselle Adèle, faites-moi le plaisir de lui glisser ceci...

(*Il lui montre sa lettre.*)

SÉRAPHINE, *vertueusement.* Moi ! jeune homme, glisser des poulets !..

EUGÈNE. Oh! il est tout petit!.. un poulet éclos de ce matin... et puis, notre but est légitime et moral...

SÉRAPHINE, *montrant le billet.* Y dites-vous beaucoup de mal de Descastels?

EUGÈNE. Je l'abîme, je le déchire, je l'assomme.

SÉRAPHINE, *prenant le billet.* Donnez...

E. S.

EUGÈNE. Ah! mamselle Séraphine... que je vous remercie... tenez, si je ne me retenais pas... je vous embrasserais...

SÉRAPHINE. En plein boulevard ! retenez-vous, mon cher. (*Il insiste.*) Mais retenez-vous donc.

SCENE III.

LES MÊMES, DESCASTELS.

DESCASTELS, *entrant par le fond, à droite, et les voyant.* Ah !

SÉRAPHINE. Descastels !..

DESCASTELS *, se posant et déclamant.* Bravo, mon cher, bravo! ne vous dérangez pas... Je serais désolé de troubler vos ébats.

EUGÈNE, *à part.* Bon! voilà qu'il commence à rimailler...

SÉRAPHINE, *à Descastels, qui s'est approché d'elle.* Eh bien ! quoi!..

EUGÈNE. Oui, quoi?..

SÉRAPHINE. Monsieur me remerciait d'un service...

EUGÈNE. Je remerciais Mademoiselle...

DESCASTELS. Comment donc, c'est fort naturel... et pourrait-on savoir quel service?..

SÉRAPHINE. Vous êtes bien curieux. (*Avec intention.*) Je vais chez les dames Cassagnol... vous n'avez pas de commissions?..

DESCASTELS. Moi! (*A part.*) Diable, se douterait-elle?..

SÉRAPHINE. Vous ne les connaissez pas?..

DESCASTELS.
Je suis l'intime ami de Monsieur Cassagnol,
Et je viens pour le voir (*A Eugène.*) Est-il à l'entresol?

EUGÈNE, *brusquement.* Parlez au portier.

DESCASTELS. Merci.

SÉRAPHINE, *avec ironie.* Vous le cherchez?.. est-ce pour un mariage?... le nôtre?...

DESCASTELS, *d'un ton aimable.* Peut-être. (*Bas.*) Méchante, jalouse!..

SÉRAPHINE. C'est bon... allez, allez voir M. Cassagnol... Mais nous causerons tantôt... nous causerons, Lovelace...

Air du *Code no r* (Ah ! c'est un si bon maître!)

ENSEMBLE.

SÉRAPHINE.
Je suis d'une colère!
Mais il viendra tantôt...
Et nous pourrons, j'espère,
Faire la paix bientôt.

DESCASTELS.
Au revoir donc, ma chère,

E. D. S.
E. S. D.

Nous causerons tantôt,
Et la paix, je l'espère,
Sera faite bientôt.

EUGÈNE.

Ah! ce fat m'exaspère!
Mais je saurai bientôt,
Ici le faire taire,
S'il le prend de trop haut!

SÉRAPHINE, baissant la voix.

Songez qu'à la campagne,
Je compte aller toujours.

DESCASTELS.

Et je vous accompagne,
O mes belles amours!..

REPRISE DE L'ENSEMBLE.

(Séraphine s'éloigne par la gauche, premier plan.
Eugène l'accompagne quelques pas en lui parlant avec mystère.)

SCÈNE IV.

EUGÈNE, DESCASTELS.

DESCASTELS, à lui-même. Ils viennent encore
de chuchotter... et ces soupçons de Séraphine?
Est-ce que décidément, ce petit courtaud serait
jaloux de mes assiduités dans la maison des Cassagnol?.. (Il le lorgne.)

EUGÈNE. Qu'est-ce qu'il a donc à me lorgner
comme ça?..

DESCASTELS. C'est ça... il en aura parlé à Séraphine. (Avec colère.) Si j'en étais sûr...
(Il regarde Eugène d'un air menaçant.)

EUGÈNE, s'approchant. Vous dites?..

DESCASTELS. Je dis : si j'en étais sûr...

EUGÈNE, se levant sur la pointe des pieds. Sûr
de quoi?.. de quoi!.. que j'aime mademoiselle
Adèle?.. Eh bien! après... après!

DESCASTELS, se posant et déclamant.

Quittez, mon cher petit, quittez cet air superbe!
Tant de courroux va mal à ce menton imberbe.

EUGÈNE. Il ne s'agit pas de faire des vers ici...
je vous parle français, moi... je ne fais pas d'esprit, moi...

DESCASTELS, ricanant. Je le vois bien...

EUGÈNE, prêt à pleurer. Mais je vous dis que
si vous m'enlevez...

DESCASTELS. Ne pleurons pas!..

EUGÈNE, de même.

Adèle Cassagnol, que j'aime...

DESCASTELS, achevant la phrase.
À la folie...

EUGÈNE.

Il faudra commencer par...

DESCASTELS, de même.
M'arracher la vie!..

(Ironiquement.) Allez donc, mon bon!

EUGÈNE, criant. Vous m'ennuyez! voilà un
être qui m'ennuie.

UN GARÇON, paraissant sur la porte du café.
Monsieur Eugène, vos amis vous attendent pour
la poule. (Il rentre au café.)

EUGÈNE, au garçon. J'y vais. (Il va vers le café
et il revient vers Descastels*.) Nous nous rever-
rons, cher monsieur Descastels!..

DESCASTELS.

Allez, mon cher ami, faire la bille au bloc...
Et tâchez de gagner la poule...

EUGÈNE.

Adieu, vieux coq!
(Il entre dans le café.)

SCENE V.

DESCASTELS, seul. Vieux coq! c'est pour la rime
qu'il a dit ça!.. ce n'est pas avec ma tournure...
ma figure... ma désinvolture... et mes succès auprès du sexe... que l'on peut m'appliquer sérieusement cette épithète de basse-cour!.. Il est ra-
geur, ce petit commis!.. et sa jalousie pourrait
bien déranger mes projets!.. Au fait, épouserai-je
cette petite Adèle?.. ma foi! non... la dot est trop
médiocre... 12,000 francs!.. Mais je ne veux pas
rompre... la maman est charmante... elle a l'air
de correspondre à mes œillades... elle raffole de
mes impromptus... Cassagnol aussi!.. nous ver-
rons... Quant à Séraphine, qui pense me tenir...
m'amener à l'épouser par ses jalousies et ses ri-
gueurs féroces...

Air : Vaudeville du premier prix.

La ruse est par trop innocente!
Avec moi, retenez-le bien,
Il faudrait choisir, ma charmante,
Un plus ingénieux moyen.
Qu'un autre se laisse refaire
Par votre séduisant babil...
Mais, pour moi, belle couturière,
Vous n'avez pas assez le fil...
Il vous faudrait de meilleur fil...

(Riant.) Ah! ah! une couturière!.. qui croirait ça!
me résister, à moi... après huit mois de siége...
c'est fabuleux!.. c'est même humiliant! ah! ah!
mais j'espère bien aujourd'hui même... Sachons
d'abord si Cassagnol doit aller à Saint-Cloud. (Il
va pour entrer à la mairie, Cassagnol en sort.)

SCÈNE VI.

CASSAGNOL, DESCASTELS.

CASSAGNOL, en mauvais habit de bureau, tête
nue, une plume sur l'oreille, à la cantonade,
avec humeur. Parbleu, vous me laisserez bien
boire un verre de bière peut-être!.. vous êtes

D. E.

étonnant, Giraudier... vous êtes étonnant, ma parole d'honneur !..

DESCASTELS. Eh! c'est lui!.. à qui donc en avez-vous, Cassagnol ?

CASSAGNOL. Tiens! qu'est-ce que vous venez faire ici, Descastels ?

DESCASTELS. Je venais vous voir, cher ami.

CASSAGNOL. C'est bien aimable à vous... (*Avec colère.*) Je suis crispé... je suis exaspéré !.. un travail extrà!.. une corvée un dimanche!... et cet animal de Giraudier qui grogne parce que je veux respirer une bouffée d'air... et boire un rafraîchissement quelconque.

DESCASTELS. C'est moi qui vous l'offre, Cassagnol. (*Frappant sur l'une des tables placées devant le café, et appelant.*) Garçon! Garçon!.. (*Un garçon paraît.*) Apportez sur-le-champ deux cruchons... l'un portant l'autre.

CASSAGNOL, *s'asseyant à la table.* Ah! mon cher ami, je suis crispé!.. une corvée un dimanche!.. saprrrelotte !

DESCASTELS, *s'asseyant.* Calmez-vous, Cassagnol.

LE GARÇON **, *apportant deux cruchons et deux verres.* Monsieur, voilà les deux cruchons.

DESCASTELS, *lui en rendant un.* Du tout, garçon, je n'en ai demandé qu'un.

LE GARÇON. Non, Monsieur, vous m'avez dit deux cruchons.

DESCASTELS. L'un portant l'autre !

LE GARÇON. Eh bien !

DESCASTELS. Eh bien !.. si vous en portez deux, cela fait trois... cruchons, mon cher !.. (*Il rit.*)

LE GARÇON, *comprenant et outré.* Hein !.. par exemple... (*Il rentre au café.*)

CASSAGNOL, *riant.* Ah ! ah ! ah !.. farceur !.. enragé farceur !.. vous me déridez... et savez-vous, je n'en ai guère envie... Descastels, vous voyez un homme crispé.

DESCASTELS, *lui versant de la bière.*

Vous l'avez déjà dit, mais un propos si beau,
Quand il est si bien dit, semble toujours nouveau.

Mais, à propos de propos... allez-vous toujours à Saint-Cloud voir les cascades?..

CASSAGNOL, *se levant exaspéré et déposant avec colère sur la table le verre qu'il allait boire.* A Saint-Cloud !.. Vous voulez donc m'en planter un dans le cœur!.. vous n'êtes donc venu me voir que pour me narguer... vous ne m'avez donc offert ce verre de bière que pour me faire sauter comme un bouchon !!!

DESCASTELS, *le calmant.* Cassagnol ! Cassagnol !..

CASSAGNOL, *exaspéré, se rasseyant et portant le verre à ses lèvres, mais sans boire.* Si je vais à Saint-Cloud !.. quand je suis de corvée... quand

* D. C.
** Le garçon. D. C.

je vous répète depuis une heure que je suis horriblement vexé...

DESCASTELS. Cassagnol! Cassagnol !..

CASSAGNOL, *portant le verre à ses lèvres, mais sans boire.* Ma femme, mon cher ami... ma femme et ma fille sont dans un état de vexation non moins exorbitant !..

DESCASTELS, *froidement.* Bah !

CASSAGNOL, *sans boire.* Ma parole d'honneur!.. songez donc, mon cher, que depuis six semaines je les leurrais de cette partie de plaisir !.. Madame Cassagnol a toujours eu un faible pour les cascades...

DESCASTELS, *riant.* De Saint-Cloud!..

CASSAGNOL. Oui... pourquoi riez-vous?.. qu'est-ce qu'il y a d'étonnant à ça : un spectacle fort curieux... ces masses d'eau qui dégringolent... qui se bousculent, qui se courent les unes après les autres, sans jamais, jamais se rattraper!.. je trouve ça superbe à contempler! (*Avec colère.*) Eh bien! non !.. rien !.. retenu ici... enchaîné aux travaux forcés !.. saprelotte !!! (*Il va pour boire.*)

DESCASTELS, *lui posant la main sur le bras comme pour le rendre attentif à ce qu'il va dire, et lui faisant ainsi poser son verre sur la table.*

Mais, mon cher, tout ceci peut s'arranger fort bien.
L'amitié nous unit par un tendre lien..
Et...

CASSAGNOL, *l'interrompant, ravi.* Ah ! pardon ! je n'avais pas remarqué que vous me parliez en rimes...

DESCASTELS.

Il n'y a pas de mal... c'est le moindre des crimes...

CASSAGNOL. Si, si!... j'adore votre conversation rimée!.. mais je suis si troublé!.. allez toujours... vous disiez!..

(*Il l'écoute très attentivement en marquant la mesure avec sa tête.*)

DESCASTELS.

Que l'on peut épargner cette peine cruelle
A votre chère dame, à votre demoiselle...

CASSAGNOL, *très attentif et oubliant de boire.* Ça rime...

DESCASTELS, *continuant.*

Vous ne pouvez vous-même à Saint-Cloud les mener ?
Ne suis-je donc pas là... pourquoi donc vous gêner ?

CASSAGNOL, *de même.* Ça y est!..

DESCASTELS, *continuant.*

Trimez tranquillement ce soir à la mairie !
Pour que la fille danse et que la mère rie...

CASSAGNOL, *ravi, l'interrompant.* Mère rie!.. Oh! oh! farceur!

DESCASTELS, *reprenant.*

Pour que la fille danse et que la mère rie,
Je leur fais de grand cœur l'offre de mes deux bras.
Dites ! ça vous va-t-il, ou ne vous va-t-il pas ?

CASSAGNOL, *très vivement, se levant.* Les conduire à Saint-Cloud!.. vous!.. ma femme et ma fille... à Saint-Cloud... aux cascades... avec vous *... oh! que nenni!.. oh!.. que nenni pas!

DESCASTELS. *se levant.* Quoi donc, Cassagnol, seriez-vous jaloux?

CASSAGNOL. Non, quoique ma femme soit superbe... je ne le suis pas...

DESCASTELS. Vous vous faites tort, Cassagnol, vous l'êtes aussi... superbe!..

CASSAGNOL. Non! c'est jaloux que je veux dire que je ne le suis pas!.. c'est bien plutôt ma femme qui le serait...

DESCASTELS. Votre femme serait... *jalouœ!..*

CASSAGNOL, *avec impatience.* Au féminin, mon cher!.. que diable! vous avez trop d'esprit... on ne peut pas causer avec vous!... Je vous dis qu'Amanda, ma femme, est jalouse... mais moi pas.

DESCASTELS. Vous n'êtes pas *jalouse?* (*Mouvement de Cassagnol.*) Eh bien! alors, pourquoi?..

CASSAGNOL. Pourquoi, mon cher, pourquoi?.. parce que vous êtes trop beau... trop séduisant... tranchons le mot... trop...

DESCASTELS, *se rengorgeant.* Tranchons-le...

CASSAGNOL. Trop scélérat!..

DESCASTELS, *avec une fausse modestie.* Oh! oh!

CASSAGNOL. Oui! oui! il n'est bruit dans tout le quartier que de vos brigandages sur le cœur des femmes... vous êtes trop aimable... vous ne parlez qu'en vers... c'est connu!.. et si l'on voyait à Saint-Cloud ma femme à votre bras, on ne manquerait pas de dire : Allons!.. allons! allons.., voilà Cassagnol qui est aussi... (*Vivement.*) Je ne veux pas ça!.. je suis plein de confiance en Amanda et en vous... mais... je... ne... veux... pas... ça!..

DESCASTELS. Vous me rendez confus... parole d'honneur!.. Eh bien! mon cher Cassagnol, n'en parlons plus! (*A part.*) Il n'ira pas, c'est tout ce que je voulais savoir... je pourrai circuler sans crainte avec Séraphine.

Adieu! j'ai quelqu'affaire... il faut que je vous quitte, J'irai demain au soir vous faire une visite **...

CASSAGNOL, *attentif.* C'est prodigieux!..

DESCASTELS.

Présentez, s'il vous plaît, mon humble compliment
A votre aimable épouse, à votre chère enfant...

(*Il sort par la gauche, premier plan.*)

SCENE VII.

CASSAGNOL, seul.

Je n'y manquerai pas, mon cher, assurément...
(*Stupéfait.*) Ah! tiens, en voilà un!.. j'ai fait un

* C. D.
** D. C.

vers... (*Appelant.*) Descastels! j'ai fait un vers!.. (*Redescendant.*) Malheureusement, je ne puis jamais en faire qu'un... de loin en loin. (*Tirant un agenda.*) Il faut que je l'écrive, pour le lui répéter demain. (*Il écrit.*) Je n'y manquerai pas, mon cher... (*Réfléchissant.*) Ah çà, mais, pourquoi donc venait-il me relancer jusqu'à mon bureau pour m'offrir de conduire ma femme et ma fille à Saint-Cloud?.. et pourquoi m'a-t-il quitté si vite quand je lui ai dit que je resterais à la mairie toute la journée... Est-ce qu'il aurait été envoyé par ma femme, qui m'a fait une scène de rébellion, ce matin, parce que je ne voulais pas lui promettre de la mener dîner au Palais-National, pour la dédommager des cascades de Saint-Cloud. J'ai eu tort!.. il ne faut pas contrarier les femmes... le dimanche surtout... quand elles ont fait des apprêts de toilette... et Amanda qui se monte si facilement la tête! j'ai eu tort... (*Avec colère.*) Mais j'étais si crispé par ce travail maudit. Voyons! (*Regardant à sa montre.*) Deux heures bientôt... je pourrai encore réparer... la besogne avance... Giraudier pioche. (*Se regardant.*) Un coup de brosse à mon habit, à mes bottes... (*Il les regarde.*) Diable! ah! bath, en quelques minutes... (*Il va au fond et appelle à la cantonade, à droite.*) Eh! là-bas! savoyard, eh! pst! pst!..

SCENE VIII.

GIRAUDIER, CASSAGNOL, puis LE DÉCROTTEUR.

GIRAUDIER, *sortant de la mairie.* Ah çà, mais... Cassagnol, il me semble qu'il ne faut pas tout ce temps-là pour boire un verre de bière... (*Il va à la table et boit le verre laissé plein par Cassagnol.*)

CASSAGNOL, *qui redescend à la table.* Dites donc! dites donc, Giraudier... vous êtes encore sans gêne, vous. (*Il prend le cruchon pour se verser un autre verre.*)

GIRAUDIER, *au décrotteur qui entre.* Ah! tu arrives à propos, toi *... (*Il s'assied et se fait cirer.*)

CASSAGNOL, *s'apercevant que le cruchon est vide.* Ah! bon! plus rien!.. et moi qui n'ai pas bu... car, je me rappelle que je n'ai pas bu... Et ce Descastels qui m'offre un rafraîchissement..... qui boit les trois quarts du cruchon... et s'en va sans payer... c'est gentil... saprelotte!..

GIRAUDIER. Ah çà, est-ce que vous n'allez pas retourner travailler, à la fin?..

CASSAGNOL. Giraudier, vous m'agacez. (*Le regardant.*) Ah! bravo! vous me prenez mon décrotteur, à présent!..

GIRAUDIER. J'étais éclaboussé. (*Cassagnol prend le décrotteur par les épaules pour l'empêcher de*

* G. Le décr. C.

cirer.) Mais tenez-vous donc tranquille, Cassagnol !..

CASSAGNOL. Ce Savoyard m'appartient... c'est moi qui l'ai appelé.

LE DÉCROTTEUR, *à Cassagnol.* Bourgeois, ça ne sera pas long !.. à la vapeur !.. à la vapeur !.. (*Il cire vivement Giraudier.*)

CASSAGNOL, *se prenant aux cheveux et frappant du pied.* Mais tout le monde s'est donc ligué aujourd'hui pour m'exaspérer !..

GIRAUDIER, *avec calme.* Mon Dieu !.. vous êtes unique avec vos fureurs !.. (*Il prend une brosse et brosse son chapeau.*) Eugène avait raison, ça sèche. (*A Cassagnol.*) Quel si grand besoin avez-vous, après tout, de vous faire cirer ?.. pour rester dans les bureaux... car nous avons du travail au moins pour...

CASSAGNOL. Du tout, j'ai réfléchi !.. Si Amanda s'est fourré en tête d'aller à Saint-Cloud, elle trouvera bien quelqu'un pour l'y conduire avec sa fille... M. Descastels tout le premier... qui sort d'ici...

LE DÉCROTTEUR, *à Giraudier.* L'autre pied, bourgeois...

CASSAGNOL. Ah çà, te dépêcheras-tu, lambin !..

LE DÉCROTTEUR. Vapeur! bourgeois, vapeur !.. (*Il cire vivement.*)

GIRAUDIER, *à part.* Voilà le moment d'agir pour Eugène peut-être. (*Haut.*) Dites donc, Cassagnol, vous me paraissez bien lié avec ce Descastels... que diable vient-il faire chez vous ?

CASSAGNOL. Parbleu ! il vient me voir !..

GIRAUDIER, *avec intention.* Vous... et compagnie !..

CASSAGNOL. Je le soupçonne d'aspirer à la main d'Adèle.

GIRAUDIER. Vous confieriez le sort de votre fille à un pareil séducteur... vous avez tort !.. Votre fille ne l'aime pas, d'abord... et je connais quelqu'un...

CASSAGNOL. Oui, votre neveu le pleurnicheur, pas vrai ?..

GIRAUDIER. Et quand ce serait !.. C'est un honnête garçon, lui... il ne feint pas de faire la cour à mademoiselle Adèle pour...

CASSAGNOL. Pour ?.. .

LE DÉCROTTEUR, *à Giraudier.* Vous êtes ciré, bourgeois. (*Giraudier le paie. — Il place sa boîte devant Cassagnol.*) Votre botte, bourgeois. (*Cassagnol met son pied sur la boîte.*) Vous ne voulez pas vous asseoir ?..

CASSAGNOL, *brutalement.* Non !.. (*Le décrotteur relève à mi-jambe le pantalon de Cassagnol et lui cire la botte. — Inquiet et en colère, à Giraudier.*) Ah çà ! qu'est-ce que vous venez me chanter, vous ?..

G. C. Le déc.

GIRAUDIER, *prenant une prise.* Après tout, ça ne me regarde pas.

CASSAGNOL, *exaspéré, frappe du pied avec le pied que lui cire le décrotteur, puis il fait quelques pas pour se rapprocher de Giraudier; le décrotteur le suit avec sa boîte, lui reprend le pied et le cire. Quoi !.. qu'est-ce qui ne vous regarde pas ?..*

GIRAUDIER. Rien ! mais...

Air : *Vaudeville de l'Héritier.*

Savez-vous bien que votre dame
Est charmante ?
CASSAGNOL.
        Si je le sais ?
GIRAUDIER.
Qu'elle est surtout superbe femme ?
CASSAGNOL, *avec impatience.*
Bien avant vous je le savais.
GIRAUDIER.
Mais savez-vous...
CASSAGNOL.
      Oui, je le sais!
GIRAUDIER.
Un teint plus rose qu'une rose,
Un pied !...
CASSAGNOL, *criant.*
      Je sais!
GIRAUDIER.
        Et des appas !..
CASSAGNOL, *lui tournant le dos.*
Je sais, parbleu ! bien autre chose,
Mon cher, que vous ne savez pas !
Oui, dont vous ne vous doutez pas

GIRAUDIER. Possible... vous en avez le droit... mais savez-vous aussi que lorsqu'elle a sa capote bleue et sa mantille cerise on la prendrait pour la sœur aînée de sa fille.

CASSAGNOL. Oui, je sais tout ça! mais où en voulez-vous venir avec la mantille cerise et la capote bleue de ma femme.

GIRAUDIER. Vous avez vingt ans de plus qu'elle.

CASSAGNOL. Du tout! c'est une capote neuve...

GIRAUDIER. Vous avez des cheveux gris !

CASSAGNOL, *de plus en plus agité.* Après ?

GIRAUDIER. Et vous ne faites pas de vers...

CASSAGNOL. J'en ai fait un ! (*Il quitte encore le décrotteur et va saisir Giraudier au collet. Même jeu du décrotteur, qui le suit et qui lui reprend le même pied.*) Giraudier ! vous me picotez comme avec des épingles !.. expliquez-vous !.. je vous somme de vous expliquer !..

GIRAUDIER. Mon Dieu! calmez-vous!.. je ne crois pas qu'il y ait encore rien de sérieux, et avec de la prudence...

CASSAGNOL. Vous avez des soupçons?..

GIRAUDIER. Je n'en ai qu'un !..

CASSAGNOL. Et comment vous est-il venu en tête?..

GIRAUDIER, *montrant son pied*. Par ce pied... que Descastels m'a écrasé toute la soirée d'avant-hier, croyant que c'était celui de madame Cassagnol...

CASSAGNOL. En jouant au *Nain jaune*... chez nous!.. Ah! je comprends à présent! (*Frappant du pied.*) Et lui qui est venu me proposer de conduire ma femme à Saint-Cloud...

GIRAUDIER, *vivement*. Cassagnol! n'y consentez pas...

CASSAGNOL, *avec colère*. Quand je vous dis que j'ai refusé!.. (*Il embrasse Giraudier, qui s'en défend.*) Giraudier, vous êtes mon sauveur!.. Giraudier, je n'oublierai de ma vie le service que vous venez de me rendre!

GIRAUDIER, *se débarrassant*. Vous m'étranglez!

CASSAGNOL, *se promenant furieux; le décrotteur le suit avec sa boîte*[*]. Ah! le gredin! ah! le traître! avec ses rimes...

LE DÉCROTTEUR, *lui saisissant le pied*. Mais, bourgeois...

CASSAGNOL, *au décrotteur*. Comment, animal, tu n'as pas encore fini?..

~~~~~~

SCÈNE IX.

LES MÊMES, DESCASTELS, UNE DAME, *au fond*; *puis* LE GARÇON, EUGÈNE.

(*Descastels traverse la scène du premier plan de gauche au troisième plan de droite; il donne le bras à une dame coiffée d'une capote bleue, ayant une mantille cerise et une robe blanche.*)

DESCASTELS, *apercevant Cassagnol*. Oh! il est encore là... passons vite!..

(*Tous deux hâtent le pas de peur d'être aperçus et sortent à droite.*)

GIRAUDIER, *les apercevant après qu'ils ont disparu dans la coulisse*. Grand Dieu!.. cette écharpe, ce chapeau bleu!.. avec M. Descastels.

CASSAGNOL, *se retournant et courant à lui*. Qu'est-ce que c'est?..

GIRAUDIER, *se plaçant devant lui pour l'empêcher de voir*. Cassagnol, ne regardez pas!..

CASSAGNOL. Qu'est-ce que vous dites de Descastels... d'un chapeau bleu? (*Il regarde par dessus l'épaule de Giraudier et pousse un cri.*) Que vois-je!.. c'est elle... avec lui! (*Se frappant le front.*) Avec lui! elle!.. ils montent en fiacre!

GIRAUDIER, *s'efforçant de le contenir*. Ne regardez pas, Cassagnol!

DESCASTELS, *dans la coulisse.*
Cocher! au chemin de Saint-Cloud,
Et ne nous cassez pas le cou!

(*Le garçon sort du café.*)

CASSAGNOL, *hors de lui*. Il fait des **vers**! c'est

[*] Le D. C. G.

lui!.. à Saint-Cloud! avec elle!.. en fiacre!.. en fiacre jaune!.. la trahison est consommée[*]... (*Il faiblit dans les bras de Giraudier.*) Je me trouve mal!.. (*Se relevant furieux*) Non!.. je veux les suivre!.. je vais les rejoindre au chemin de fer, les arrêter... les poignarder[**]!..

(*Il remonte.*)

LE DÉCROTTEUR, *le retenant*. Bourgeois, vous n'avez qu'un pied ciré...

CASSAGNOL, *le repoussant*. Va-t-en au diable!

LE GARÇON. Eh! Monsieur... le cruchon?..

CASSAGNOL, *le repoussant*. Vous en êtes un autre!..

GIRAUDIER[**]. Mais, vous n'avez pas de chapeau!..

CASSAGNOL, *trépignant et hors de lui*. Eh bien! prêtez-moi le vôtre.

(*Il arrache le chapeau de Giraudier et s'en coiffe.*)

GIRAUDIER, *stupéfait*. Hein!.. mon chapeau!

(*Cassagnol repousse le décrotteur et le garçon, sort en courant par la droite du troisième plan, sa plume sur l'oreille et une jambe de son pantalon relevée sur la botte; le décrotteur le poursuit.*)

EUGÈNE, *qui sort du café*[****]. Qu'y a-t-il donc?

GIRAUDIER, *furieux*. Cassagnol! voulez-vous bien me rendre mon chapeau!..

(*Il court après Cassagnol.*)

LE GARÇON. Eh bien!.. il me laisse le cruchon pour mon compte!..

EUGÈNE. Mais où courent-ils comme ça?.. (*Les appelant et courant après eux.*) Monsieur Cassagnol... mon oncle... mon oncle Giraudier!..

(*Il sort à leur suite.*)

~~~~~~

SCÈNE X.

LE GARÇON, *puis* MADAME CASSAGNOL ET ADÈLE.

LE GARÇON, *seul*. C'est gentil! deux employés de la mairie!.. je les repincerai... je porterai plainte à M. le maire!.. Tiens, mais... cette dame qui vient ici... c'est la femme du gros... de celui qui a pris le chapeau du grand... je vais lui demander mes huit sous...

MADAME CASSAGNOL, *entrant par la gauche, troisième plan, avec sa fille; elle a une toilette semblable à celle de la dame qui accompagnait Descastels*[*****]. Ton père ne nous attend pas... nous allons lui faire une surprise... C'est bien le moins qu'il nous mène dîner au restaurant... (*A part.*)

[*] Le D. G. C., *près de la table.*
[**] Le D. C. G.
[***] Le D. C. G. le garçon.
[****] E. G. le garçon.
[*****] A. madame C. le G.

Et puis, je suis bien aise de m'assurer... si ce prétendu travail extraordinaire...

ADÈLE. Ah ! maman !,. j'ai oublié mes gants...

MADAME CASSAGNOL. Allons ! bien !.. il nous va falloir retourner à la maison.

ADÈLE. Non, maman... Tiens... (*Indiquant vers la gauche du boulevard.*) Voici le magasin de mercerie de madame Simonot, je pourrais en acheter une paire.

MADAME CASSAGNOL. Eh bien ! va... pendant que je ferai appeler M. Cassagnol... Tu viendras nous rejoindre ici.

ADÈLE. Oui, maman... (*Elle sort par la gauche, premier plan.*)

SCENE XI.

MADAME CASSAGNOL, LE GARÇON.

(*Madame Cassagnol se dirige vers la mairie.*)

LE GARÇON, *la suivant.* Madame...

MADAME CASSAGNOL, *se retournant.* Qu'est-ce ?

LE GARÇON. Madame va peut-être chercher monsieur son époux.

MADAME CASSAGNOL. Oui... Monsieur Cassagnol.

LE GARÇON. Il vient de partir...

MADAME CASSAGNOL, *étonnée.* De partir !

LE GARÇON. Oui : sans me payer ce cruchon qu'il a consommé avec des amis... (*Il tend la main.*) C'est huit sous...

MADAME CASSAGNOL, *à elle-même.* C'est singulier ! il devait passer toute la journée à son bureau...

LE GARÇON, *tendant la main.* Et puis ce que Madame voudra, pour le garçon.

MADAME CASSAGNOL. Mais, il va sans doute rentrer ?..

LE GARÇON. Oh ! je ne crois pas...

MADAME CASSAGNOL. Comment !...

LE GARÇON, *confidentiellement.* Si je vous en dis davantage... ça va vous faire du chagrin...

MADAME CASSAGNOL, *vivement.* Mais parlez !.. Qu'est-il arrivé à mon mari ?..

LE GARÇON. Ne vous tourmentez pas pour lui... il n'en vaut pas la peine, allez ! .

MADAME CASSAGNOL, *à elle-même.* Quel soupçon !

LE GARÇON. Ah ! madame, si j'avais la chose d'être le légitime d'une épouse aussi... avantageuse... ce n'est pas moi qui irais m'amuser à courir après des fiacres jaunes !..

MADAME CASSAGNOL. Des fiacres jaunes...

LE GARÇON. Et sans payer un cruchon de huit sous !..

MADAME CASSAGNOL. Et dans ce fiacre... il y avait... quelqu'un ?...

LE GARÇON, *mystérieusement.* Pardi !..

MADAME CASSAGNOL. Une femme ?

LE GARÇON, *de même.* Gentille, Madame... gentille !... (*A part.*) Je ne l'ai pas vue.., c'est égal...

MADAME CASSAGNOL, *à elle-même.* Une femme ! l'indigne ! j'en étais sûre... quand il a prétexté ce travail, pour ne pas nous mener à Saint-Cloud !..

LE GARÇON. Mais, justement ! le fiacre jaune y va, à Saint-Cloud... et mes huit sous aussi... à moins que Madame... (*Il tend la main.*)

MADAME CASSAGNOL, *avec colère.* Laissez-moi donc tranquille !.. est-ce que vous vous figurez que je vais payer les orgies de ce... (*Suffoquant.*) Oh !!!

LE GARÇON, *à part.* Ah ! c'est comme ça... j'irai voir M. le maire... (*Il rentre au café en emportant ce qui est sur la table.*)

SCENE XII.

MADAME CASSAGNOL, *puis* ADÈLE.

MADAME CASSAGNOL, *seule.* Ah !... je suis trahie ! en fiacre ! à Saint-Cloud !.. Voilà donc ces fameuses cascades qu'il m'annonçait !

Air : Ces postillons sont d'une maladresse.

Courir les champs avec quelque drôlesse !
Et me laisser, moi, garder la maison...
Ah ! c'est aussi par trop de hardiesse !
Et je devrais, aimable Céladon,
Vous châtier de cette trahison !
Oui, c'est mon droit, et, si j'étais moins sage,
Vous pourriez bien, pour les eaux de Saint-Cloud,
Partir en fiacre et, d'un pareil voyage,
Revenir... en coucou ! (*bis.*)

(*Avec colère.*) A Saint-Cloud... ah ! j'y serai avant lui ! je veux le surprendre... le confondre !..

ADÈLE, *accourant de la gauche.* Me voici, maman !.. Eh bien !.. est-ce que papa n'est pas prêt ?..

MADAME CASSAGNOL. Ton père ?.. (*S'interrompant.*) Mais, non !.. tu ne dois rien savoir !.. rien voir !.. rentre à la maison... tout de suite... et n'en bouge pas !..

ADÈLE, *prête à pleurer.* A la maison !.. toute seule !.. mais pourquoi?..

MADAME CASSAGNOL, *très agitée.* Pourquoi !.. pourquoi !.. parce que je vais à Saint-Cloud..

ADÈLE. Et vous ne m'emmenez pas ?..

MADAME CASSAGNOL. Non, Mademoiselle... il va se passer des choses... que vous devez ignorer ; allons, pas tant de raisonnements et retournez à la maison... ou bien attendez-moi chez madame Simonot... (*A elle-même, sortant par le fond, à droite.*) Ah ! monsieur Cassagnol ! cela ne se passera pas ainsi, croyez-le bien !..

SCENE XIII.

ADÈLE, *puis* EUGÈNE, *puis* LE GARÇON.

ADÈLE, *faisant quelques pas pour suivre sa mère.* Mais, maman... (*Redescendant.*) Comme c'est agréable... elle me laisse seule à la maison... un dimanche...

Air : *Il faut avoir perdu l'esprit.*

C'était bien la peine, vraiment,
De mettre une fraîche toilette !
Bien sûr, je ne suis pas coquette,
Mais on aime à plaire, pourtant.
Le dimanche quand on s'habille,
On veut savoir si l'on séduit...
A quoi sert donc d'être gentille,
Si personne ne vous le dit !

Et ce pauvre M. Eugène qui m'écrit qu'il guettera... qu'il tâchera de nous suivre... (*Voyant accourir Eugène.*) Ah! c'est lui.

EUGÈNE *, accourant très agité.* Mademoiselle Adèle!.. n'est-ce pas votre mère qui monte là-bas dans l'omnibus du chemin de fer ?..

ADÈLE. Oui... elle va à Saint-Cloud... sans moi...

EUGÈNE. Oh! venez... venez... il faut absolument la rattraper...

ADÈLE, *alarmée.* Mais qu'avez-vous?.. que se passe-t-il ?..

EUGÈNE. Ce ne sera rien... je l'espère... venez... venez...

ADÈLE. Mon Dieu! dites-moi!..

(*Le garçon paraît sur la porte du café.*)

EUGÈNE, *vivement.* Voussavez bien, ce fiacre...

ADÈLE. Quel fiacre ?..

* A. E.

EUGÈNE. Votre papa courait après...

ADÈLE. Après un fiacre?..

EUGÈNE, Mon oncle Giraudier courait après votre papa...

ADÈLE. Mais pourquoi?..

EUGÈNE. Moi je courais après mon oncle Giraudier... et tous les passants couraient après nous ! et comme votre papa criait : arrêtez... que mon oncle criait aussi : arrêtez... on les a arrêtés, en passant devant le poste et on les a mis tous deux au corps-de-garde...

ADÈLE. Au corps-de-garde!.. mon papa!..

LE GARÇON, *à part.* Ils sont arrêtés !

EUGÈNE. Venez... courons le réclamer... le délivrer !

ENSEMBLE, *vivement.*

Air de *M. Petit.*

EUGÈNE.

Ce n'est, je l'espère,
Qu'une erreur grossière,
Courons, il faut
Le sauver au plus tôt.

ADÈLE.

Ah! mon pauvre père !
Mais qu'a-t-il pu faire?
Courons, il faut,
Le sauver au plus tôt.

LE GARÇON.

Pour qu'on m' paie ma bière,
Chez le commissaire
Courons, il faut
Me plaindre au plus tôt.

(*Eugène et* Adèle *sortent vivement par le fond, à droite. — Le garçon remonte, puis court et disparaît dans la même direction, au moment où le rideau tombe.*)

FIN DU PREMIER ACTE.

ACTE DEUXIÈME.

Une place ombragée dans le parc de Saint-Cloud; à droite, premier plan, un berceau de verdure, du même côté; au deuxième plan, un restaurant. Au deuxième plan de gauche, un pavillon, avec une fenêtre ouvrant en face du public; une allée d'arbres au premier plan; arbres, au troisième plan, de droite et de gauche; statues; au fond, une vue du parc; tables et chaises sous le berceau et dans le pavillon.

SCENE PREMIERE.

DESCASTELS, SÉRAPHINE, *vêtue comme à la fin du premier acte,* PROMENEURS, *au fond, dans le pavillon, et sous le berceau,* UNE MARCHANDE DE GATEAUX.

CHŒUR.

Air : *Quel plaisir de courir le monde.*

Vivent la joie et la campagne !
Sous ces ombrages toujours frais,
Ici, le plaisir accompagne
Les amants tendres et discrets !

SÉRAPHINE, *qui achète des gaufres à une marchande.* Sucrez-moi ça... encore.. encore!..

DESCASTELS, *qui regarde à la cantonade, à gauche.* Eh! mais oui! bien certainement, oui!.. c'est elle!.. madame Cassagnol... qui traverse là-bas... et seule... seule!.. Oh!.. saprebleu! si je pouvais...

SÉRAPHINE, *mangeant.* Descastels...

DESCASTELS, *à lui-même.* Ma foi!.. (*Il s'éloigne sur la pointe des pieds.*)

SÉRAPHINE, *courant à lui et l'arrêtant.* Eh bien, Monsieur ! où allez-vous donc ?..

* La march. S. D.

DESCASTELS. Qui... moi?.. je... je vous regardais, chère amie...

SÉRAPHINE. Vraiment?.. vous me regardez par là bas!... Voyons, Monsieur, payez-vous la marchande, oui ou non?..

DESCASTELS. Ah! c'est juste!.. une distraction...

SÉRAPHINE. Vous en avez furieusement, des distractions!..

DESCASTELS. Non, non .. Combien?..

SÉRAPHINE. Quatre-vingt-dix centimes!..

DESCASTELS, *à part*. Dix-huit sous de gaufres!.. elle va étouffer... (*Il paie.*)

SÉRAPHINE, *le faisant retourner*. Savez-vous que vous êtes fièrement maussade, aujourd'hui!.. Auriez-vous des peines de cœur?..

DESCASTELS. J'ai celles que vous me faites endurer. (*Soupirant.*) Ah! (*A part.*) Je voudrais bien filer...

SÉRAPHINE. Descastels! quelle est la traduction de ce soupir? m'auriez-vous amenée à Saint-Cloud avec des espérances... que je ne qualifierai pas... Avez-vous compté sur les cascades pour...

DESCASTELS. Incapable!.. (*Il regarde à la cantonade.*)

SÉRAPHINE, *baissant les yeux*. Vous blâmez la sévérité de mes principes... mais, ingrat que vous êtes... en qualité de mon futur époux...

DESCASTELS, *à part*. Attends...

SÉRAPHINE. Vous devriez me remercier...

DESCASTELS, *à part*. Ah! que je voudrais donc filer!..

SÉRAPHINE. Et, au lieu de cela... vous me boudez... vous ne m'avez pas tourné la plus petite galanterie en vers... dans le fiacre... ni dans le chemin de fer...

DESCASTELS. On va si vite... je n'ai pas eu le temps...

SÉRAPHINE. Et puis... vous réservez sans doute ces jolies choses-là pour mademoiselle Cassagnol...

DESCASTELS. Moi! quelle idée! (*A. part.*) Ils croient tous que c'est la demoiselle que je lorgne... (*Il regarde à gauche.*)

SÉRAPHINE. Encore!.. Est-ce que vous avez aperçu par là une de vos belles!..

DESCASTELS. Ma belle, c'est vous, ô Séraphine!

SÉRAPHINE. Prenez garde, Descastels!.. je suis douce comme une colombe... mais quand on me trahit j'égratigne, je tape, je mords... je vous en préviens!..

DESCASTELS, *vivement et avec ironie*. Bah!.. vous avez donc été déjà trahie?..

SÉRAPHINE, *vivement*. Je n'ai pas dit ca... (*On entend la pratique de Polichinelle, au fond dans la coulisse, à droite; elle prend le bras de Descas-*

tels.) Allons, Monsieur, votre bras... je me cramponne à vous pour toute la soirée...

DESCASTELS, *à part*. Quelle perspective!..

SÉRAPHINE. Commençons par aller voir Polichinelle... et puis après, une cavalcade! (*Donnant son chapeau et sa mantille à Pierre.*) Tenez, garçon, débarrassez-moi de ça...

DESCASTELS, *à part*. Je trouverai bien moyen...

REPRISE DU CHŒUR.

Vivent la joie et la campagne!
Sous ces ombrages toujours frais.
Ici, le plaisir accompagne
Les amants tendres et discrets.

(*Les promeneurs quittent les tables et les bosquets, le garçon porte dans le pavillon le chapeau et la mantille, et revient desservir la table du berceau, à droite; Séraphine entraîne Descastels par le fond, à droite.*)

SCÈNE II.

EUGÈNE, ADÈLE.

(*Adèle et Eugène entrent par le fond, à gauche, pendant que les promeneurs s'éloignent en répétant le chœur.*)

ADÈLE, *à Eugène*. Vous voyez bien qu'ils n'y sont pas...

EUGÈNE. Ils sont sans doute d'un autre côté...

ADÈLE. Mais nous venons de parcourir tout Saint-Cloud...

EUGÈNE, *voyant Pierre sous le berceau*. Attendez... voici un garçon... il pourra peut-être nous dire... Garçon!

PIERRE, *s'approchant* *. Bien! m'sieu!... que désire m'sieu? une groseille et deux verres?.. tout de suite, m'sieu...

(*Il va pour courir.*)

EUGÈNE. Non, garçon... attendez!.. N'auriez-vous pas vu par hasard... un monsieur...

ADÈLE. Et une dame...

EUGÈNE. Portant un pantalon canelle...

PIERRE, *étonné*. La dame?..

EUGÈNE. Eh non, le monsieur.

ADÈLE. Une robe blanche avec un chapeau bleu.

PIERRE, *étonné*. Le monsieur?..

ADÈLE. Eh non! la dame...

PIERRE. Connais pas... monsieur veut-il se rafraîchir?.. (*Criant.*) Orgeat, limonade, bière...

EUGÈNE. Merci.

PIERRE, *avec volubilité*. Groseille, chinois, grog, absinthe, demi-tasse, bavaroise, vermouth, madère, sodawater!..

EUGÈNE, *élevant la voix*. Non, je vous demande un monsieur.

---

* La march. D. S.

* E. P. A.

ADÈLE. Une dame...

PIERRE. Vous n'avons pas ça...

EUGÈNE, *impatienté*. Eh bien! allez-vous promener *...

PIERRE. Bien, M'sieu; il fallait donc le dire tout de suite. (*Il rentre au restaurant.*)

ADÈLE **. Que faire? où les chercher?.. voyez dans quel embarras vous m'avez placée en m'amenant ici...

EUGÈNE. Est-ce que c'est ma faute? est-ce que vous pouviez faire autrement... impossible de rentrer chez vous... votre mère avait emporté les clés... quand nous sommes arrivés au poste, M. Cassagnol n'y était plus... on nous a dit qu'il venait de partir pour Saint-Cloud, et alors...

ADÈLE. Mon Dieu! je sais tout cela!.. mais s'il nous rencontrait ensemble...

EUGÈNE. Après tout, nous ne faisons pas de mal... et puis, nous sommes venus avec madame Simonot, votre mercière... qui nous attend au carré du bal pour lui faire vis-à-vis... Et, tenez, entendez-vous le cornet à piston... un quadrille ravissant, venez, venez... (*Il veut l'entraîner.*)

ADÈLE. Mais vous me promettez que nous retrouverons maman...

EUGÈNE. Et votre papa aussi, soyez tranquille, nous les retrouverons quand nous y penserons le moins... c'est toujours comme ça...

ENSEMBLE.

EUGÈNE.

Air de l'*Ambassadrice*.

Prenez mon bras,
Suivez mes pas,
Ma chère Adèle!
Car du bal
J'entends le signal
Qui nous appelle.

ADÈLE.

Partons, hélas!
J'entends là-bas
La ritournelle :
Oui, du bal
C'est bien le signal
Qui nous appelle.

EUGÈNE, *pendant la reprise de l'orchestre, lui prend le bras et l'entraîne en courant vers la gauche; il se heurte à Pierre, qui sort du restaurant*. Doucement donc, animal!..

PIERRE, *étourdi*. V'là, M'sieu!.. orgeat, limonade, bière.

EUGÈNE. Non!.. cornet à piston pour deux!..

(*Il sort en courant avec Adèle par le fond à gauche.*)

* A. E. P.
** A. E.

SCENE III.

PIERRE, puis CASSAGNOL ET GIRAUDIER.

PIERRE, *seul*. Ah! ce sont les tourtereaux de tout à l'heure... mauvaises pratiques les amoureux... ça n'a jamais ni faim ni soif...

(*Il rentre dans le restaurant.*)

CASSAGNOL, *entrant par la gauche, premier plan, il est coiffé du chapeau de Giraudier, il a sa plume sur l'oreille, un côté de son pantalon relevé jusqu'à mi-jambe, et la cravate dénouée. — A Giraudier, qui le suit tête nue*. Giraudier! laissez-moi... vous m'exaspérez... vous m'horripilez... si c'est comme ça que vous m'aidez à retrouver ma femme, vous pouvez vous en aller... je me passerai bien de vous...

GIRAUDIER. Du tout, je ne vous abandonnerai pas dans une circonstance aussi amère... pour vous... je suis trop votre ami... mais, vertubleu! rendez-moi mon chapeau.

CASSAGNOL. Que voilà un homme monotone! Vous ne savez pas autre chose?

GIRAUDIER. Mon chapeau!

CASSAGNOL. Ah çà! allez-vous recommencer à Saint-Cloud vos clameurs du boulevard Poissonnière?.. N'êtes-vous pas satisfait de m'avoir fait incarcérer une première fois par les sergents de ville qui, voyant un homme décoiffé, courir après un homme coiffé, en criant : « Mon chapeau! mon chapeau! » m'ont pris pour un filou, et nous ont flanqués tous les deux au violon!.. Par bonheur, le chef du poste m'a reconnu, et nous a fait relaxer... mais trop tard... Ce fiacre jaune avait disparu... Et pourtant, il faut que je les retrouve...

GIRAUDIER. Mais, malheureux!.. car vous me faites sortir des gonds! mais, malheureux, ne pouvez-vous chercher votre femme sans mon chapeau?..

CASSAGNOL, *l'interrompant, furieux*. Non! je ne le peux pas!.. non, je ne le peux pas!

Air : *J'ai vu le Parnasse.*

Dans cette course échevelée
Dont le danger peut se prévoir...
De couvrir ma tête troublée
Ma pudeur me fait un devoir.
Voudriez-vous donc que j'allasse,
Sur mon front privé de chapeau,
A l'accident qui le menace
Adjoindre un rhume de cerveau!
Par la sambleu! ce serait beau!!!

(*Il donne plusieurs coups sur son chapeau.*)

GIRAUDIER. Eh bien, oui! eh bien, oui! gardez-le, mais ne le défoncez pas...

CASSAGNOL, *voyant Pierre qui sort du restaurant*. Attendez!.. nous allons peut-être savoir...

GIRAUDIER, *vivement*. Ah! oui!

CASSAGNOL. Garçon!

PIERRE, *tenant deux bouteilles* [*]. V'là, M'sieu ! bière, orgeat, limonade, groseille...

CASSAGNOL. Je n'ai pas soif. . dites-moi... n'auriez-vous pas aperçu une dame et un monsieur...

PIERRE, *à part.* Tiens! lui aussi ! (*Haut.*)Non, Monsieur... j'ai vu un jeune homme et une demoiselle... Grog, absinthe, cognac.

CASSAGNOL, *l'interrompant.* Ce n'est pas ça...

GIRAUDIER. On vous dit un monsieur et une dame...

PIERRE. Connais pas.. Vermouth, madère, soda-water...

CASSAGNOL. Je n'ai pas soif : je vous parle d'un monsieur assez laid...

PIERRE. Riz au lait, café au lait, bavaroise au lait...

CASSAGNOL. Un gredin qui fait des vers...

PIERRE. Verre de bière, verre de cidre, verre de porter...

GIRAUDIER. Non, mille fois non !

CASSAGNOL. On vous demande une dame.

GIRAUDIER. Une dame qui a un chapeau... (*Douloureusement.*) Un chapeau !..

CASSAGNOL. Une écharpe cerise...

PIERRE. Cerises à l'eau-de-vie ! voilà, M'sieu ! (*Commandant à la cantonade.*) Deux cerises à l'eau-de-vie [**]!..

CASSAGNOL, *le prenant au collet.* Je n'en veux pas !..

PIERRE. Voulez-vous bien me lâcher !

CASSAGNOL. Et toi veux-tu bien m'écouter !

PIERRE. Vous avez demandé des cerises.

CASSAGNOL. Une écharpe cerise.

PIERRE. Nous n'avons pas ça...

CASSAGNOL. Eh bien, va-t'en au diable.
(Il le pousse.)

PIERRE. En voilà des pratiques !.. en voilà des consommateurs...
(Il sort par le fond à gauche.)

CASSAGNOL. Cet être-là a été sondoyé par les complices !.. mais où sont-ils?... où se cachent-ils !.. nous avons visité le bois... le parc, les taillis... nous avons été à la lanterne de Diogène... de Diogène... ce philosophe illustré par son tonneau...

GIRAUDIER. En Perse...

CABASSOL. Non , à Athènes !..

Air de *Calpigi.*

Cet ancien, si l'on ne nous berne ,
Jadis, avec son falot terne,
Cherchait un homme en plein midi...
Mais je le mets bien au défi,
Oui, je le mets bien au défi,
De trouver avec sa lanterne,
Même avec notre gaz moderne...
Une femme coupable qui
Veut échapper à son mari !
Veut se cacher de son mari !

Où sont-ils? Ah ! (*Il court voir dans le bos-*

[*] G. P. C.
[**] G. C. P.

quet.) Personne ! (*En se retournant, il se heurte à Giraudier qui le suivait.*) Otez-vous donc de là, que diable!.. —Ah ! (*Il court au pavillon, Giraudier le suit* [*].) Rien ! (*Même jeu en se retournant. Furieux.*) Encore !.. vous êtes toujours fourré dans mes jambes!..

GIRAUDIER. Mais, mon ami, vous me marchez sur les pieds...

CASSAGNOL, *s'attendrissant tout à coup.*) Ah ! Amanda ! Amanda, qui est-ce qui m'aurait dit ça ! (*Il tombe assis sur un banc de pierre, placé sous la fenêtre du pavillon, et prend sa tête dans ses mains.*)

GIRAUDIER, *le calmant.* Là! là! là !.. Cassagnol... soyons hommes... vous n'êtes pas le premier...
(Il veut lui prendre le chapeau.)

CASSAGNOL, *le retenant des deux mains.* Mon Dieu, que je suis malheureux !.. mon Dieu , que je suis malheureux !..
(Giraudier lui parle bas pour le calmer.)

SCENE IV.

LES MÊMES, SÉRAPHINE.

SÉRAPHINE, *entrant par le fond à droite, et comme cherchant quelqu'un.* Ah ! monstre ! ah ! scélérat !.. je m'en doutais... me planter là... au milieu de la foule, devant la baraque de Polichinelle. (*Voyant Pierre qui arrive par le troisième plan de gauche et l'arrétant au fond.*) Ah ! garçon [**] !

PIERRE. Voilà... orgeat, limonade...

SÉRAPHINE. Non ! vous n'auriez pas vu...

PIERRE. Bière, absinthe, cognac.

SÉRAPHINE. Eh ! non !.. n'avez-vous pas vu un monsieur blond... qui fait des vers...

PIERRE. Nous n'avons pas ça... (*A part.*) Ils ne consomment donc que ça, aujourd'hui...
(*Séraphine continue à questionner le garçon, qui, après un moment, rentre au restaurant.*)

CASSAGNOL, *irrité, à Giraudier qui lui parle.* Non, je ne la chercherai plus... cherchez-la si vous voulez... mais moi... je ne la cherche plus... elle a brisé tous les liens... je ne la connais plus... je la répudie.
(*En gesticulant, il renverse la tabatière de Giraudier.*)

GIRAUDIER. Allons ! bon ! trois sous de tabac !!! !... Eh bien , venez, Cassagnol, retournons à Paris.

CASSAGNOL, *se levant.* Non, puisque je me trouve transporté au milieu d'une fête, je veux m'amuser, m'étourdir, me livrer à toutes sortes de plaisirs prohibés[***]...

GIRAUDIER. Vous n'oseriez pas!..

CASSAGNOL. Je n'oserais pas!.. Tiens! mademoiselle Séraphine!..

[*] C. G.
[**] C., *assis.* G. le garç. S., *au fond.*
[***] G. C. S., *au fond.*

SÉRAPHINE, *descendant.* Monsieur Cassagnol!..
(A part.) Voilà ma vengeance!..

CASSAGNOL. Mademoiselle Séraphine... Ma jeune
et charmante voisine!.. et seule... seule!..

SÉRAPHINE. Comme vous voyez... ayant égaré...
ma tante dans la foule!.. mais quel heureux hasard!..

CASSAGNOL. Mais quel aimable rencontre!

GIRAUDIER, *bas.* Voulez-vous vous taire!..

CASSAGNOL, *à Giraudier.* Ah! je n'oserais pas! .
Mademoiselle.

SÉRAPHINE. Monsieur Cassagnol...

CASSAGNOL, *lui offrant la main.* Un mot!

SÉRAPHINE *. Deux mots!..

CASSAGNOL. Je les écoute...

SÉRAPHINE. Êtes-vous à Saint-Cloud avec votre
dame et votre demoiselle?..

CASSAGNOL, *vivement.* Nullement! nullement!
j'y suis en célibataire...en amateur de la beauté...

SÉRAPHINE. En ce cas... je m'empare de votre
bras...

CASSAGNOL. J'allais vous l'offrir!..

SÉRAPHINE. Vous êtes mon cavalier!.. je ne
vous quitte plus...

CASSAGNOL J'allais encore vous l'offrir...

SÉRAPHINE. Et je vous charge de protéger mon
innocence parmi les dangers de cette fête champêtre.

CASSAGNOL. J'allais briguer cette faveur.

GIRAUDIER, *scandalisé.* Et c'est-elle, qui, d'elle-
même!..

SÉRAPHINE. Ainsi, c'est dit!..

CASSAGNOL. Permettez!.. permettez, ravissante
Séraphine, que je vous offre à mon tour quelque
chose... un léger dîner sous ce riant bosquet **.
(*A Giraudier.*) Ah! je n'oserais pas!..

SÉRAPHINE. Un dîner? ça n'est pas de refus!..
avec du homard.

CASSAGNOL. J'allais vous l'offrir!..

SÉRAPHINE. Et du champagne!..

CASSAGNOL. J'allais vous l'offrir... garçon! *(A
part.)* Ah! madame Cassagnol!

SÉRAPHINE, *appelant.* Garçon!.. *(A part.)* Ah!
brigand de Descastels...

GIRAUDIER, *bas.* Malheureux! un homme marié!

CASSAGNOL, *criant.* Je ne le suis plus! je suis
veuf, je suis garçon *** *(Criant.)* Garçon!!! *(Le
garçon paraît.)* Un dîner de Balthazar... ici, sous
ce berceau!..

PIERRE. Oui, M'sieur. *(S'en allant.)* A la bonne
heure, donc!..

CASSAGNOL ****. Et pendant qu'on prépare ce repas monstre, venez, charmante enfant... nous allons gagner plusieurs douzaines de macarons

* C. S. G.
** S. C. G.
*** S. G. C.
**** G. S. C.

pour notre dessert et goûter tous les plaisirs gym-
nastiques de cette contrée !

SÉRAPHINE. Tels que tir à la poupée!..

CASSAGNOL. Escarpolette !

SÉRAPHINE. Secousses électriques !

CASSAGNOL. Navires aériens !

SÉRAPHINE. Et grrrrande cavalcade sur les che-
vaux de bois !

GIRAUDIER. Cavalcader ! ! !

SÉRAPHINE, *à Cassagnol.* Allons! dites à votre
ami de prendre son chapeau... et qu'il vienne
avec nous !

GIRAUDIER. Moi ! ! !

ENSEMBLE.

Air : *Polka de M. Petit.*

CASSAGNOL ET SÉRAPHINE.

Allons nous divertir,
   Goûter à loisir,
De ce lieu chaque plaisir.
   Je veux punir,
   Bannir
  De mon souvenir,
Celle
L'ingrat qui put me trahir.

GIRAUDIER.

Allez-vous divertir,
   Goûter à loisir
De ce lieu chaque plaisir.
Ciel! peut-on sans rougir,
   Sans se repentir,
Dans le vice s'endurcir.

CASSAGNOL, *à Giraudier.*

Venez me voir courir,
Folâtrer, bondir.

SÉRAPHINE, *à Giraudier.*

Venez applaudir
Nos pas de zéphir.

GIRAUDIER.

Non! je dois vous fuir,
Près de vous frémir
De me pervertir !

REPRISE DE L'ENSEMBLE.

*(Cassagnol et Séraphine, pendant la reprise, sor-
tent par le fond à droite, en polkant.)*

SCENE V.

GIRAUDIER, *seul.*

Ah! voilà qui passe toutes les bornes!.. cavalcader avec cette jeune créature... Cassagnol... un
homme mûr... un homme établi...Et il se permet...
*(Il imite la danse de Cassagnol, puis remonte et
regardant à droite.)* Grand Dieu! le voilà qui enfour-
che le cheval de bois... et sa grisette aussi! Et le
voilà qui. *(Il fait le geste d'éperonner un cheval.)*
Houp! ils sont partis! il va se faire jeter par terre...
en plein public ! c'est inouï... *(Il croise ses deux
mains, et les porte à son front, comme un
homme profondément scandalisé, puis il suit
des yeux avec un geste imitatif chaque tour que
fait Cassagnol.)* Vont-ils... vont-ils donc!.. Et la
robe de l'autre qui voltige! *(Avec indignation.)*
Elle montre sa jambe!.. parce qu'elle l'a jolie.

(Il se baisse un peu pour mieux voir.) Elle les montre toutes deux... parce qu'elles sont jolies... c'est scandaleux !

SCÈNE VI.

GIRAUDIER, MADAME CASSAGNOL, DESCASTELS *.

MADAME CASSAGNOL, *entrant par le fond, à gauche, à Descastels qui la suit.* Non, monsieur Descastels... je vous remercie... je cherche...
*(Elle remonte vers le pavillon **.)*

DESCASTELS. Vous avez perdu quelque chose, Madame !
Accordez-moi l'honneur d'accompaguer vos pas, Et daignez appuyer votre bras sur mon bras.

MADAME CASSAGNOL, *apercevant Giraudier ***. Ah ! monsieur Giraudier, son ami...

GIRAUDIER, *se retournant.* Madame Cassagnol!..
(Il redescend la scène.)

MADAME CASSAGNOL. Oui, Monsieur, oui, c'est moi, moi-même... Où est mon mari?..

GIRAUDIER, *stupéfait, et la regardant ainsi que Descastels.* Votre mari?..

DESCASTELS, *surpris.* Il serait ici ! mais il m'avait affirmé qu'il n'y viendrait pas.

MADAME CASSAGNOL. Et à moi aussi... une ruse.
(A Giraudier.) Eh bien, Monsieur, parlez: où est-il?...

GIRAUDIER, *à part.* Ah! voilà qui est curieux ! *(Haut.)* Quoi, Madame, sérieusement vous cherchez Cassagnol... et vous pensez qu'il serait bien aise de vous voir?..

MADAME CASSAGNOL. Oh! je sais bien que non ; et c'est justement pour cela, Monsieur, que je vous somme de m'apprendre...

GIRAUDIER. Madame... il n'est pas visible en ce moment...

DESCASTELS, *ricanant.* Ah! ah! pas visible... un mari... pas visible pour sa femme !

GIRAUDIER. Monsieur... on ne vous parle pas!

MADAME CASSAGNOL, *à Descastels.* Je comprends tout, Monsieur, je devine tout... ils sont ici ensemble, en partie fine... en bonne fortune...

DESCASTELS, *déclamant.*
C'est ça, partie carrée, et chacun sa chacune.

GIRAUDIER, *révolté.* Moi! Monsieur... moi... une chacune!...

MADAME CASSAGNOL, *avec véhémence.* Oui, Monsieur, et je vous soupçonnais depuis longtemps!... les vieux garçons sont capables de tout ! un père de famille n'eût jamais osé de lui-même... c'est vous qui l'avez entraîné...

* D. madame C., *descendant la scène,* G., *au fond.*
** Madame C. D. G., *au fond.*
*** Madame C. G. D.

GIRAUDIER, *se récriant.* Je l'ai entraîné!...
DESCASTELS, *affirmativement.* Il en convient !
MADAME CASSAGNOL, *de même.* Il en convient *!...

Air : *Le beau Lucas.*

Cher Descastels, venez, de grâce !
Je suis prête à me trouver mal !
Venez, je ne puis voir en face
Ce vieillard cynique, immoral !
Laissons-les courir les guinguettes,
Et faire danser leurs grisettes !
Laissons-les braver le mépris...
Voyez, voyez comme ils sont mis !
Ils n'ont pas même de casquettes
Pour nous cacher leurs cheveux gris.
(Giraudier porte machinalement les mains à sa tête.)

MADAME CASSAGNOL ET DESCASTELS.
Allez mettre au moins des casquettes,
Pour l'honneur de vos cheveux gris.
Allez cacher vos cheveux gris !

GIRAUDIER. Madame !

MADAME CASSAGNOL. Votre bras, Descastels, emmenez-moi à Paris... reconduisez-moi à la maison, auprès de ma fille qui m'attend, qui doit s'inquiéter...

DESCASTELS. Volontiers, belle dame, mais le premier convoi ne partira que dans deux heures.

MADAME CASSAGNOL. Quel ennui !

DESCASTELS.
J'en gémis ! mais, en attendant l'heure,
Acceptez un orgeat... une brioche... au beurre !..

MADAME CASSAGNOL, *avec intention et regardant Giraudier.* Eh bien... j'accepte, Monsieur...

GIRAUDIER. Elle accepte!...

DESCASTELS, *radieux à part.* O fortune! *(Haut.)* Bien mieux... si nous prenions un champêtre banquet sous ce berceau de verdure !

MADAME CASSAGNOL, *même jeu.* J'accepte, Monsieur !...

GIRAUDIER. Quoi ! Madame!...

MADAME CASSAGNOL, *à Giraudier.* Oui, Monsieur, j'accepte !
(Elle remonte.)

DESCASTELS, *repoussant Giraudier **.* Allez donc, Monsieur... Allez donc, vieillard dépravé... Venir à Saint-Cloud, avec des lorettes...
(Déclamant.)
Avec des Boule-Rouge errer sous la charmille !

GIRAUDIER. Des Boule-Rouge !

DESCASTELS, *continuant.*
Entraîner dans le vice un père de famille !
Fi ! Monsieur, fi ! Monsieur, vous devriez rougir,
Et tout au fond d'un cloître aller vous repentir !

* G. madame C. D.
** G. D madame C.

GIRAUDIER, *stupéfait*. Au fond d'un cloître !..

DESCASTELS, *repoussant Giraudier*. Ne l'écoutez pas, Madame, il vous compromettrait. (*Montrant le berceau.*) Entrez là... et...

(*D'un air gracieux.*)

Pendant que je commande le repas !

Daignez jeter les yeux sur ces petits quatrains.
(*Il lui remet un papier, à part.*)
Pour les occasions j'en ai mes goussets pleins.

GIRAUDIER, *à part*. Abuser du langage des dieux...

DESCASTELS, *à part.*

Je la tiens ! dans l'hymen quand règne le mic-mac,
L'amour doit triompher,... dit monsieur de Balzac !
J'aime bien mieux ceci que dona Séraphine,
Et...

(*S'éloignant.*)

C'est par là, je crois, qu'on entre à la cuisine.
(*Il entre au restaurant.*)

SCÈNE VII.

GIRAUDIER. MADAME CASSAGNOL.

GIRAUDIER, *arrêtant madame Cassagnol, qui se dirige vers le bosquet*. Vous ne dînerez pas, Madame !

MADAME CASSAGNOL. Comment, Monsieur !

GIRAUDIER. Non, Madame, non... vous ne dînerez pas avec ce versificateur ! écoutez les conseils d'un ami... imprudente épouse... n'allez pas plus loin dans la voie funeste !.. il sait tout... votre escapade... le fiacre jaune !..

MADAME CASSAGNOL. Qu'est-ce qu'il dit ?

GIRAUDIER. Au nom du ciel... arrêtez-vous... au nom de votre fille que mon neveu aime et veut épouser...

MADAME CASSAGNOL. Votre neveu.. épouser ma fille !.. le neveu d'un homme sans conduite !..

GIRAUDIER. Encore ! ah mais !..

MADAME CASSAGNOL. Non, Monsieur.. et je ne m'éloignerai pas d'ici... je vous devine... ma présence vous gêne : vous aviez peut-être choisi cet endroit pour votre orgie ?.. eh bien ! Monsieur... j'y dînerai avec Descastels.

GIRAUDIER. Ah !

MADAME CASSAGNOL. J'y boirai du champagne... du champagne avec Descastels... et je lirai ses vers !.. Et maintenant, allez, Monsieur, allez faire votre rapport à M. Cassagnol...

(*Elle entre dans le bosquet et disparaît par l'ouverture qui est dans la coulisse en lisant les vers de Descastels.*)

GIRAUDIER. Non, Madame... je n'irai pas ! (*Seul.*) Ou, plutôt, si !.. j'y vais... mais pour rentrer dans mon feutre et retourner à Paris... Je suis bien bon, après tout, de m'immiscer dans toutes ces immoralités !.. (*Remontant et regardant à la can-*

tonade, *à droite.*) Tiens ! n'est-ce pas lui qui revient ?.. oui !.. ah ! mon Dieu !.. il n'a plus mon chapeau... c'est sa grisette qui le tient !.. elle le porte comme une soupière !.. grand Dieu ! mon Dieu ! qu'est-ce qu'ils ont donc mis dedans !

SCÈNE VIII.

GIRAUDIER, CASSAGNOL ET SÉRAPHINE, *puis* MADAME CASSAGNOL.

GIRAUDIER [*], *cherchant à prendre son chapeau que tient Séraphine*. Des macarons !.. ils l'ont rempli de macarons !..

CASSAGNOL. Voulez-vous lâcher...

(*Il tire très fort avec Séraphine. Giraudier lâche le chapeau.*)

GIRAUDIER, *chancelant*. C'est renversant !

SÉRAPHINE. C'est moi qui ai gagné tout ça au tir à la poupée [**].

CASSAGNOL. Elle en a abattu cinq... vive la joie [***] ! Allons, charmante enfant, à table, et sablons le champagne !.. Je vous invite, Giraudier.

GIRAUDIER. Jamais !

SÉRAPHINE, *à Cassagnol*. Ah çà ! mais... qu'est-ce qu'il a donc votre ami ?...

(*Madame Cassagnol rentre dans le bosquet et s'assied en lisant [****].*)

CASSAGNOL. Il est enrhumé !... laissons-le couver son rhume... et suivez-moi sous ce vert bocage... O nymphe de ces bois...

(*Il fait un pas vers le bosquet.*)

GIRAUDIER, *se jetant au-devant de lui, et d'une voix étouffée*. N'approchez pas de cette charmille, Cassagnol !...

CASSAGNOL. Pourquoi ça ?...

SÉRAPHINE. Pourquoi donc ça ?

(*Elle s'éloigne en croquant des macarons.*)

GIRAUDIER, *à Cassagnol qui veut passer*. N'approchez pas, Cassagnol, criminel autant qu'infortuné...

CASSAGNOL, *le repoussant*. Par exemple [*****] !.. (*Il regarde dans le bosquet et aperçoit sa femme qui lit.*) Oh ciel !...

GIRAUDIER. Voilà.

CASSAGNOL, *d'une voix étranglée*. Mais elle est seule !

GIRAUDIER, *bas*. L'autre est là...

CASSAGNOL, *de même*. Elle lit !...

GIRAUDIER, *de même*. Des vers de lui.

CASSAGNOL, *de même*. Ah ! l'intrigant !... le gredin !... le Papavoine !...

[*] G. S. C. au fond.
[**] S. G. C.
[***] S. C. G.
[****] S. et C., *au fond*, G., *au deuxième plan*, madame C., *assise sous le berceau*.
[*****] S , *au fond*, G. C. madame C., *assise*.

SÉRAPHINE, *qui croque des macarons.* Qu'est-ce que vous regardez donc là-dedans?...

CASSAGNOL, *égaré, et à voix basse*.* Rien! Allez!... laissez-moi seul... cachez-vous là!...

(Il la pousse vers le pavillon de gauche.)

SÉRAPHINE. Nous cacher!... mais je veux dîner, moi!

CASSAGNOL. Vous dînerez!... — Giraudier... si vous êtes mon ami... tenez-lui compagnie... dînez avec elle **...

GIRAUDIER, *résistant.* Moi!... avec!...

CASSAGNOL, *reprenant le chapeau que tient Séraphine.* Et donnez-moi mon chapeau... plus que jamais, j'en ai besoin...

GIRAUDIER, *voulant le saisir.* Son cha.....

CASSAGNOL, *le poussant et fermant la porte.* Entrez!!!

~~~~~~

SCENE IX.

SÉRAPHINE ET GIRAUDIER, *dans le pavillon, dont la fenêtre est fermée;* CASSAGNOL, *en dehors, contre la porte du pavillon;* DESCASTELS, *sortant du restaurant, suivi de* PIERRE, *qui porte des huîtres et une bouteille,* MADAME CASSAGNOL, *dans le bosquet.*

CASSAGNOL, *apercevant Descastels.* Le voilà!...
(Il se cache à gauche, derrière une statue.)

DESCASTELS, *à Pierre.*
Servez, pour commencer, les huîtres, le chablis,
Après, la mayonnaise, et plus tard le salmis.

CASSAGNOL, *à part.* Ça rime...

(Pierre sert et sort.)

DESCASTELS *entre dans le bosquet et s'assied ***.*
Avez-vous lu mes vers?

MADAME CASSAGNOL. Ils sont charmants...

CASSAGNOL, *s'approchant du bosquet.* Que disent-ils?... que font-ils? Sachons jusqu'à quel point je suis trahi; c'est une satisfaction que je veux me procurer...

(Il écoute.)

DESCASTELS, *à madame Cassagnol.*
Belle dame, tenez... goûtez ce coquillage;
D'un certain Cassagnol, c'est la parfaite image.

CASSAGNOL, *à lui-même.* Je suis satisfait. J'entends bien... mais je ne vois pas. *(Se frappant le front.)* Quelle inspiration! ma foi, oui!... Parbleu, oui... une pareille idée ne pouvait germer que dans un front dans la situation du mien! oui! par ce moyen, je pourrai assister en personne au spectacle de mon désagrément... c'est une satisfaction

* S. C. G. madame C.
** S., *sur la porte du pavillon.* G. C. madame C.
*** S. G., *dans le pavillon.* C., *au milieu.* D. et madame C., *sous le bosquet.*

que je veux me procurer... *(Fouillant dans sa poche.)* Trois pièces de cent sous! c'est trois fois plus qu'il n'en faut pour corrompre un des vils mercenaires de cet établissement...

(Il va vers le restaurant.)

DESCASTELS, *appelant.* Garçon!...

CASSAGNOL, *contrefaisant sa voix.* Voilà! voilà!

(Il entre dans le restaurant.)

~~~~~~

SCENE X.

SÉRAPHINE ET GIRAUDIER, *dans le pavillon;* DESCASTELS ET MADAME CASSAGNOL, *dans le bosquet, puis* EUGÈNE.

GIRAUDIER, *ouvrant la fenêtre.* Non, Mademoiselle... non... il ne me convient pas d'être hermétiquement inclus avec une jeune personne de votre sexe...

SÉRAPHINE, *qui mange des macarons.* Ce que j'en disais, c'était pour votre rhume, monsieur Giraudier. Pourquoi donc n'avez-vous pas de chapeau?...

GIRAUDIER. Pourquoi, Mademoiselle!... Demandez à M. Cassagnol.

EUGÈNE, *entrant par le fond, à gauche et parlant à la cantonade.* Non, non... laissez... je vais moi-même chercher de la bière...

(Il entre dans le restaurant.)

DESCASTELS, *à madame Cassagnol.* Votre fille?... Ah! madame... avez-vous pu croire!...
Peut-on, grand Dieu! peut-on, quand on a vu vos traits,
Avoir encor des yeux pour de nouveaux attraits?

MADAME CASSAGNOL. Allons! allons! vous n'êtes pas raisonnable. *(Ils continuent à causer.)*

SÉRAPHINE, *se mettant à la fenêtre du pavillon.* Est-ce que, par hasard, le Cassagnol va s'évanouir comme l'infâme Descastels?..

GIRAUDIER, *la prenant par la taille.* Rentrez...

SÉRAPHINE, *avec un petit cri.* Ah! vous m'avez pris la taille.

GIRAUDIER. Je ne sais pas ce que j'ai pris... mais rentrez... ne nous affichez pas...

~~~~~~

SCENE XI.

LES MÊMES, CASSAGNOL, *vêtu en garçon de restaurant, puis* ADÈLE.

CASSAGNOL, *sortant des offices; il a un tablier blanc, un bonnet de coton, il porte un saladier de mayonnaise.* Je me crois suffisamment méconnaissable sous cette humiliante défroque... Où en sont-ils?.. *(Il va écouter près du bosquet.)*

SÉRAPHINE, *à Giraudier.* Hé! dites donc! est-ce que vous allez aussi me planter là?

GIRAUDIER. Asseyez-vous... je vais commander le dîner.

SÉRAPHINE. A la bonne heure! *(Mangeant des macarons.)* Je meurs de faim, moi!

GIRAUDIER, *hors du pavillon.* C'est-à-dire que je vais) filer à Paris... après avoir prévenu cette coupable épouse du danger qu'elle court... (*Regardant autour de lui.*) Où est-il?.. que machine-t-il?.. (*Cassagnol qui écoute, lui fait signe de ne pas bouger.*) Hein? (*Appelant à demi-voix.*) Garçon! (*Même jeu de Cassagnol.*) Garçon!..

CASSAGNOL, *allant à lui, impatienté, à voix basse.* Qu'est-ce que vous voulez?..

GIRAUDIER, *fouillant dans sa poche.* Tenez, mon ami, voici dix sous...

CASSAGNOL, *les prenant, étonné.* Hein?..

GIRAUDIER, *bas.* Allez dire de ma part à la dame du bosquet, que son mari...

CASSAGNOL, *à voix basse et relevant son bonnet.* Malheureux!.. Voulez-vous vous taire! C'est moi!..

GIRAUDIER, *le reconnaissant.* Juste ciel!..

CASSAGNOL, *le poussant vers le pavillon, bas et très vivement* Chut! rentrez là-dedans!.. je couve une vengeance atroce sous mon bonnet de coton...

GIRAUDIER, *regardant la tête de Cassagnol.* Il n'a plus mon...

CASSAGNOL, *le poussant dans le pavillon.* Rentrez... tenez-vous tranquille, mangez!

GIRAUDIER. Rendez-moi, du moins, mes dix sous! (*Cassagnol referme la porte.*)

SÉRAPHINE, *à Giraudier.* Eh bien! et ce dîner?

MADAME CASSAGNOL, *à Descastels.* Je crois qu'on nous oublie...

DESCASTELS, *appelant.* Garçon!

CASSAGNOL, *tenant son plat de mayonnaise et courant au bosquet.* Voilà!

SÉRAPHINE, *appelant.* Garçon!

CASSAGNOL, *courant au pavillon.* Voilà!

ADÈLE, *accourant par le fond, à gauche.* Garçon!

CASSAGNOL, *se retournant,* voilà! (*Reconnaissant Adèle. A part.*) Ciel! ma fille! ma fille ici!!! (*Il enfonce son bonnet de coton pour n'être pas reconnu.*)

ADÈLE. Garçon, n'avez-vous pas vu un jeune homme...

CASSAGNOL, *l'interrompant et déguisant sa voix.* Un jeune homme!

ADÈLE. Châtain... sans moustaches... qui vient d'entrer au café pour demander deux bouteilles de bière...

CASSAGNOL, *enfonçant encore son bonnet, et furieux.* Un jeune homme... Mademoiselle!!!

ADÈLE, *reculant effrayée.* Ah!... mais qu'avez-vous donc? Eh! oui! pour lui dire d'apporter aussi des échaudés...

CASSAGNOL, *de même.* Des échaud...!

EUGÈNE, *sortant du restaurant, avec de la bière et des échaudés.* Oui, oui, Mademoiselle... en voici... j'y avais pensé... me voici...

CASSAGNOL, *déguisant sa voix.* Vous n'irez pas

EUGÈNE, *s'arrêtant et riant.* Hein?..

CASSAGNOL, *furieux, à part.* Ce jeune paltoquet!.. (*A Adèle.*) Mademoiselle, je vous déf... (*A Eugène.*) Jeune homme, vous ne...

EUGÈNE, *riant.* Ah çà! il a donc bu, ce gros-là!.. (*Il lui donne une tape sur la tête, prend le bras d'Adèle et sort avec elle, en courant.*)

CASSAGNOL, *les suivant.* Au nom de l'autorité pat... au nom de... (*Il les suit, en tenant son plat de mayonnaise.*)

SCÈNE XII.

SÉRAPHINE, GIRAUDIER, DESCASTELS, MADAME CASSAGNOL.

MADAME CASSAGNOL, *se levant, bas à Descastels.* Chut!.. restez là..

DESCASTELS, *à part.* Diable! est-ce que son mari!.. (*Il se recule avec sa chaise sous le berceau.*)

MADAME CASSAGNOL, *à part, en sortant du bosquet.* Je gagerais que mon perfide n'est pas loin d'ici...

(*Elle va vers le fond.*)

SÉRAPHINE, *à Giraudier qui ouvre la porte.* Monsieur Giraudier...

GIRAUDIER. Tenez-vous tranquille. (*Il sort et ferme la porte, à part.*) Elle est perdue, si je ne la préviens pas...(*Apercevant madame Cassagnol, et allant à elle*. Ah! Madame... Madame... fuyez... il sait tout... il est déguisé en garçon. (*Apercevant Cassagnol par la cantonade.*) Le voici!.. sauvez-vous, Madame, sauvez-vous!

MADAME CASSAGNOL, *éclatant de rire.* Ah! ah! ah! ah!.. Mon Dieu! qu'il est laid!.. ah! ah! ah!

(*Elle rentre dans le bosquet.*)

GIRAUDIER, *pétrifié.* Elle rit!..

MADAME CASSAGNOL, *riant.* Ah! ah! ah! ah!..

DESCASTELS. Qu'est-ce donc?

MADAME CASSAGNOL, *elle se rassied.* Rien! rien! je vous expliquerai au dessert...

GIRAUDIER, *qui voit entrer Cassagnol.* Il va se passer des choses tragiques!..

SCÈNE XIII.

LES MÊMES, CASSAGNOL.

CASSAGNOL, *revenant par la gauche; il porte toujours son plat de mayonnaise, et ne voit pas Giraudier qui suit tous ses mouvements avec anxiété. A part.* Insensé! qu'allais-je faire!.. me trahir aux yeux de ma fille sous ce grotesque casque à mèche!.. lui montrer son père en garçon... et sa mère dans un bosquet!.. Ils sont avec madame Simonot... ça me rassure... Commençons par tirer de ce côté-ci une réparation mémorable... (*Il va vers le bosquet.*) Où en sont-ils?

* S., *dans le pavillon.* G. madame C., *au fond* D., *dans le bosquet.*

GIRAUDIER, *le retenant*. Au nom du ciel! Cassagnol!..

CASSAGNOL. Encore là!..

SÉRAPHINE, *sortant du pavillon*. Ah çà, mais... sapristi!.. est-ce que je vais dîner avec des macarons?..

GIRAUDIER, *vivement*. Mademoiselle...

SÉRAPHINE *. Vous m'ennuyez, à la fin!.. je réclame votre ami... (*A Cassagnol.*) Gros garçon, servez-moi le sieur Cassagnol...

CASSAGNOL, *se déguisant*. Cassagnol!.. Connais pas, Mademoiselle, connais pas...

SÉRAPHINE. Eh bien! je vais à sa découverte... lui... ou ma tante... il me les faut morts ou vifs!..

GIRAUDIER. Mademoiselle!..

SÉRAPHINE. Allez donc!.. vieux sans chapeau!

(*Elle sort à droite, par le fond.*)

GIRAUDIER. Sans chap...

CASSAGNOL. Laissez-la filer... et vous, allez vous promener...

SCÈNE XIV.

LES MÊMES, *moins* SÉRAPHINE.

MADAME CASSAGNOL, *à part*. Le voici... (*A Descastels.*) Eh bien!.. cette mayonnaise...

DESCASTELS, *criant*. La mayonnaise, garçon!..

CASSAGNOL, *accourant*. Voilà, voilà!..

(*Il entre, et sert la mayonnaise.*)

GIRAUDIER, *hors du bosquet, à part*. J'ai une sueur froide!

MADAME CASSAGNOL, *riant*. Ah! ah! ah! ah! ah!

GIRAUDIER ET CASSAGNOL, *à part*. Elle rit!

MADAME CASSAGNOL, *riant*. Mais voyez donc, Descastels,.. voyez donc ce garçon... quelle figure... quelle tournure!.. ah! ah! ah! ah!

DESCASTELS. Il est affreux!.. ah! ah! ah! ah!

CASSAGNOL, *pour leur donner le change, rit d'un rire forcé qu'il termine par une exclamation de rage concentrée*. Ah! ah! ah! ah!.. hum!

DESCASTELS, *lui donnant le plat des huîtres*. Tenez, filez, mon cher, avec cette coquille... Où peut-on être mieux qu'au sein de sa famille...

CASSAGNOL, *riant comme ci-dessus*. Ah! ah!! ah! ah! ah!.. hum!!!

GIRAUDIER, *à part*. Il va les poignarder.

MADAME CASSAGNOL. Ah! ah! ah! ah!.. Comment donc vous appelez-vous, garçon?

CASSAGNOL, *déguisant plus que jamais sa voix*. Pierre, Madame, Pierre!..

DESCASTELS, *le poussant*. Va-t-en... et ne reviens que lorsqu'on t'appellera... (*A voix basse.*) Tu auras pour boire. (*Il le pousse dehors.*)

* G. S. C., en scène, un peu au fond. D. et madame C., sous le bosquet.

CASSAGNOL, *s'éloignant avec le plat d'huîtres*. Bon! (*Il feint de s'en aller et revient.*) Voyons jusqu'où cela ira... c'est une satisfaction que je veux me procurer.

GIRAUDIER, *bas, voulant l'emmener*. Allons, en voilà assez...

(*Cassagnol avec des signes et des grimaces furieuses lui ordonne de se taire.*)

MADAME CASSAGNOL, *à part*. Il est là, caché... il nous écoute.

DESCASTELS, *versant à boire*.

Encor un petit coup de ce petit vin blanc!
Il ouvre l'appétit (*A part*.) Et pousse au sentiment!

CASSAGNOL, *à part*... Il veut le taper...

MADAME CASSAGNOL, *avec intention, élevant la voix*. Ah! Descastels... de grâce! ménagez-moi... Je suis déjà toute étourdie... je ferais des folies...

CASSAGNOL, *à part, alarmé*. Ah!.. Jusqu'où ça ira-t-il?

GIRAUDIER, *voulant l'emmener*. Voilà le moment de s'en aller.

(*Cassagnol le repousse.*)

MADAME CASSAGNOL, *à Descastels qui lui prend la main*. Descastels! Descastels! prenez garde... si ce garçon revenait... et puis... songez que mon mari...

DESCASTELS, *avec passion*.

Nul témoin indiscret, pas un chat ne nous lorgne,
Le garçon n'est pas là... d'ailleurs, je le crois borgne;
Chère Amanda! je tombe à genoux sur le sol...
Personne ne nous voit...

CASSAGNOL, *s'élançant furieux*.
Excepté Cassagnol!!!

(*Il lui brise le plat d'huîtres sur la tête.*)

SCENE XV.

LES MÊMES, SÉRAPHINE.

(*Elle entre par le fond, à gauche et descend la scène un peu avant l'éclat de Cassagnol.*)

DESCASTELS, *criant*. Ah!..

GIRAUDIER, *en même temps*. Le crime est consommé!..

MADAME CASSAGNOL, *feignant la surprise*. Mon mari!..

DESCASTELS. Cassagnol!..

ENSEMBLE *.

Air des Brodequins de Lise.

CASSAGNOL ET SÉRAPHINE.

Ah! j'étouffe de rage!
Redoutez ma fureur...
De ce honteux outrage
Je veux punir l'auteur!

DESCASTELS.

Ah! grand Dieu! quel dommage!

* S. D. C. madame C. G.

J'allais être vainqueur !
Mais évitons sa rage,
Évitons sa fureur !

GIRAUDIER.

Il étouffe de rage,
Évitez sa fureur...
Ou bien de son outrage
Il massacre l'auteur.

MADAME CASSAGNOL.

Il suffoque, il enrage,
Et croit, dans sa fureur,
Que c'est moi qui l'outrage
Quand lui seul est trompeur.

SÉRAPHINE, *avec menace.*

Descastels !..

CASSAGNOL, *à sa femme.*

C'est bien moi, Madame !

DESCASTELS, *à part.*

Entre deux feux me voilà pris !

MADAME CASSAGNOL, *à son mari.*

Monsieur !...

CASSAGNOL, *d'un air tragique.*

Trrrremblez, perfide femme !

MADAME CASSAGNOL ET SÉRAPHINE, *éclatant de rire.*

Malgré ma colère je ris !!!

REPRISE DE L'ENSEMBLE.

CASSAGNOL.

Ah ! j'étouffe, etc.

GIRAUDIER.

Il étouffe, etc.

MADAME CASSAGNOL.

Il suffoque, etc.

DESCASTELS.

Ah ! grand Dieu ! quel orage !
Il faut montrer du cœur !
Il faut avec courage,
Fuir devant leur fureur !

SÉRAPHINE.

Ah ! j'étouffe de rage !
Un perfide, un trompeur
A ce point-là m'outrage,
Et brave ma fureur.

(*Descastels veut filer.*)

SÉRAPHINE, *le retenant.* Ah ! c'est donc pour ça
que vous m'aviez plantée devant Polichinelle !..
DESCASTELS, *reculant.* Séraphine ! pas de ges-
tes !..
CASSAGNOL, *le prenant au collet.* Laissez, Ma-
demoiselle ! ce plat rimeur m'appartient.
SÉRAPHINE. Je vous le prête ! abîmez-le.
MADAME CASSAGNOL. Cassagnol !
DESCASTELS. Mais, mon cher, permettez !..
CASSAGNOL, *à Descastels.* Taisez-vous, *Madame !*
(*A sa femme.*) Taisez-vous, *Monsieur !..* c'est
donc ainsi que vous vous comportez, vous, femme

Cassagnol... vous, mère de famille !.. vous voya-
gez en fiacre et en capote bleue, avec ce fabri-
cant de bouts-rimés !..
MADAME CASSAGNOL. Moi ! Monsieur !..
SÉRAPHINE. Qu'est-ce qu'il dit ?,.
GIRAUDIER, *le calmant.* Eh bien, là ! Eh bien,
là !..
CASSAGNOL, *hors de lui.* Laissez-moi tranquille !
(*Croisant les bras, à sa femme.*) Vous banquetez
dans un bosquet avec ce même brigandeau !..
DESCASTELS. Cassagnol, vous êtes dans l'er-
reur !..
SÉRAPHINE. Ne l'écoutez pas !

CASSAGNOL, *avec éclat.*

Ah !... tu ne rimes plus, infâme séducteur...

Je rime, moi...

Ah ! tu te flattais donc, avec tes mauvais vers,
De mettre impunément mon honneur à l'envers !..

Je rime encore !..

Des vers comme les tiens !... mais, sans reprendre
[haleine,
J'en veux, moi Cassagnol, faire une cinquantaine !
Et plus beaux, et mieux faits, et trente-six fois plus
[longs
Que les tiens qui sont tout au plus bons
A mettre dans des bonbons !...
Je rime encore ! je rime toujours !.. j'en fais en
français... j'en ferais en russe, j'en ferais en la-
tin : *Facit indignatio versum !..*
GIRAUDIER. Il a perdu la tête !..
DESCASTELS. Mais il est effrayant !
SÉRAPHINE, *à Cassagnol.* Allez toujours, gar-
çon !

CASSAGNOL, *de plus en plus animé.*

Mais ce n'est pas assez pour une telle injure
Que de te battre en vers et à plate couture !
Je veux sur le terrain te voir, vil intrigant !..
Je te lance un cartel et te jette mon gant !...

(*Il lui lance son bonnet de coton.*)

DESCASTELS, *se fâchant.* Monsieur Cassagnol !..
MADAME CASSAGNOL, *se jetant entre eux.* Messieurs !..

SCENE XVI.

LES MÊMES, EUGÈNE, ADÈLE **.

EUGÈNE, *entrant par le fond, à gauche.* Qu'est-
ce qu'il y a par là ? (*Les reconnaissant, à la cantonade.*) Ah ! les voici, Mademoiselle, les voici !..

(*Adèle accourt vers sa mère.*)

* S. D. madame C. C. G.
** S. D. madame C. A. C. E. G.

GIRAUDIER. Mon neveu!

SÉRAPHINE. Tiens! tiens!..

MADAME CASSAGNOL. Ma fille ici!

CASSAGNOL, *toujours très animé.* Oui, Madame, votre fille ici!.. je l'avais oubliée dans ce déluge de catastrophes!.. votre fille ici, mangeant clandestinement des échaudés avec ce jeune jouvenceau!.. Voilà l'exemple !!!

EUGÈNE, *confus.* Ah! Monsieur! c'est à vous, que, tout à l'heure...

CASSAGNOL. Il ne s'agit pas de ça!..

ADÈLE, *surprise.* Papa, en tablier blanc!

CASSAGNOL Il ne s'agit pas de la blancheur de mon tablier, Mademoiselle, mais de celle de votre réputation!..

MADAME CASSAGNOL, *à sa fille.* Qu'êtes-vous venue faire à Saint-Cloud?..

ADÈLE. Mais, maman, tu as emporté les clés, quand tu m'as quittée à Paris, pour courir après papa...

MADAME CASSAGNOL, *tâtant son sac.* Ah! c'est vrai!..

CASSAGNOL. Mais voilà une insigne imposture!.. c'est moi, Mademoiselle, qui ai couru après votre maman!..

MADAME CASSAGNOL. Du tout, Monsieur, moi après vous!

GIRAUDIER. Et moi après lui!..

EUGÈNE, *montrant Adèle.* Et nous après vous...

CASSAGNOL. Mais c'est d'une invraisemblance gigantesque!.. nous courions donc tous les uns derrière les autres... à l'instar des cascades!.. et il n'y avait personne devant?

SÉRAPHINE. Mais il barbotte!

DESCASTELS. Ça me paraît fort.

MADAME CASSAGNOL *. Pardonnez-moi, Monsieur, il y avait un fiacre...

CASSAGNOL. Jaune, Madame!

MADAME CASSAGNOL. Oui, jaune, Monsieur!

SÉRAPHINE. Jaune, Descastels!

(*Elle va prendre son chapeau et son écarpe dans le pavillon.*)

DESCASTELS, *à part.* Je sens que je le deviens.

MADAME CASSAGNOL. Avec une jeune personne dedans!

CASSAGNOL. Uun personne en capote bleue! et en société frauduleuse! oui, Madame!

MADAME CASSAGNOL, *le regardant fixement.* Oui, Monsieur!

CABASSOL, *de même.* Oui, Madame.

SÉRAPHINE, *qui a mis son écharpe, descendant entre M. et Madame Cassagnol**.* Eh bien? après?.. Qu'est-ce que ça vous fait, garçon marié? et à vous aussi, Madame? Est-ce qu'on n'a pas le droit de venir à Saint-Cloud comme une autre? Est-ce

* S. D. A. madame C. C. E. G.

** D. A. madame C. S. C. E. G.

qu'on n'a pas le droit d'avoir des capotes bleues comme une autre. (*Elle met sa capote.*)

CASSAGNOL, *frappé.* Elle a une capote bleue, Giraudier!

SÉRAPHINE, *allant vers Descastels*.* Et de rouler en fiacre jaune avec un monstre que l'on doit épouser!

DESCASTELS. Moi!

SÉRAPHINE, *le menaçant.* Oui, vous!

CASSAGNOL, *frappé.* Giraudier! c'était elle!

GIRAUDIER, *tranquillement.* Les capotes nous ont trompés.

CASSAGNOL, *criant.* Giraudier, vous êtes un vil calomniateur!

GIRAUDIER. Mon chapeau, que je m'en aille.

MADAME CABASSOL, *indignée.* Comment, Monsieur, vous aviez supposé...

CASSAGNOL, *attendri.* Oh! Amanda... je suis le plus heur... (*Se reprenant d'un ton furieux.*) C'est-à-dire... non! (*L'attirant à part et à demi-voix.*) Et ce bosquet, Madame? et ce baiser?

MADAME CASSAGNOL. Eh! Monsieur, on vous avait reconnu derrière cette charmille! Félicitez-vous que l'on se soit contenté de se moquer de vous!

CASSAGNOL, *radieux, à sa femme.* Tu te moquais? (*De même, à Descastels.*) Vous vous moquiez de moi**?

DESCASTELS. Eh! parbleu! certainement.

(*Il rit à part.*)

EUGÈNE, *allant à lui et le bourrant***.* Vous vous moquiez de M. Cassagnol, vous!

CASSAGNOL, *passant entre eux.* Laissez, jeune homme!

EUGÈNE, *avec entêtement.* Je ne veux pas qu'il se moque de vous, moi!

(*Ils se lancent des coups de pied que Cassagnol reçoit en voulant les séparer.*)

DESCASTELS. Eh là! eh là! petit!

CASSAGNOL, *impatienté.* Et si je le veux, moi! si j'en suis enchanté! si je l'en remercie!.. (*Il lui serre la main.*) Si je déplore ses fiançailles avec Mademoiselle... (*Il va chercher Séraphine.*) qui me privent de lui offrir la main de ma fille ****!

EUGÈNE. Ciel!

CASSAGNOL, *continuant et prenant la main de sa fille ****.* Et me forcent à vous l'accorder, à vous, qui l'avez compromise... à vous, le neveu de mon plus cruel ennemi!

EUGÈNE, *l'embrassant.* Ah! Monsieur!..

ADÈLE, *de même.* Ah! papa!..

CASSAGNOL, *les écartant.* Ne me sautez pas au

* D. S. A. madame C. C. G. E.

** S. D. C. A. madame C. G. E.

*** S. D. E. C. A. madame C. G.

**** A. E. C. S. D. madame C. G.

***** A. C. E. S. D. madame C. G.

cou... j'ai besoin de récapituler ma position * ..
(*Croisant les bras.*) Oui! pourquoi suis-je venu à
Saint-Cloud... pourquoi ai-je endossé cette défroque de gâte-sauce? pourquoi ai-je fait des vers?..
pourquoi ai-je cassé un plat d'huîtres sur la tête
de ce cher ami? (*Il serre la main de Descastels.*)

TOUS. Oui?..

GIRAUDIER **. Oui! et pourquoi m'avez-vous
pris mon chapeau?

CASSAGNOL, *furieux.* Encore!.. ça va recommencer!.. mais, mon Dieu! rendez-lui donc cet
objet, et qu'il s'en aille! Justement... voici le garçon qui rapporte mes nippes...

(*Il veut les prendre.*)

PIERRE, *qui voit les débris du plat d'huîtres.* Un
instant... un instant... qui est-ce qui a cassé ça?..

CASSAGNOL. Ne faites pas attention... tout est
expliqué.. tout est raccommodé...

PIERRE. Excepté le plat... qui est-ce qui paie
ça?..

CASSAGNOL, *montrant Giraudier.* Le plat?
c'est lui!.. lui, l'auteur de tout ceci!..

GIRAUDIER. Moi!..

PIERRE. On ne paie pas?.. alors, je garde les
effets!..

GIRAUDIER, *s'élançant sur lui.* Donnez ça, malheureux!.. je paierai ce qu'on voudra; je donnerai
ma tête... mais, rendez-moi... (*Il lui arrache et
pousse un cri.*) Ah!..

(*Le chapeau est écrasé.*)

PIERRE. Ce n'est rien! c'est qu'on l'avait mis
sur un tabouret...

GIRAUDIER, *le montrant à Cassagnol avec une
indignation profonde.*) Ah!!!

CASSAGNOL. Gardez-le... je n'en ai plus besoin...
je peux maintenant marcher le front découvert!..

LA FOULE, *entrant en tumulte.* Les cascades!..
les cascades vont jouer.

TOUS. Aux cascades!..

CHŒUR.

Air nouveau de *M. Petit* ou du *Galop du puits
d'amour.*

Courons tous, le plaisir ici le conseille (*bis.*)
Les cascades bientôt
Vont faire merveille!
Pour les voir, il nous faut
Courir au plus tôt.

CASSAGNOL, *entraîné par la foule et voulant revenir.*) Permettez, Messieurs... permettez... laissez-moi passer... (*Avec importance.*) J'ai encore
quelques vers à improviser ici... (*A Descastels.*)
Venez m'aider, cher ami... (*Il s'avance avec Descastels, et se pose en improvisateur.*) Attendez...
me soufflez pas...

* A. E. S. D. C. madame C. G.
** A. E. S. D. C. G. madame C.

DESCASTELS. Y êtes-vous?

CASSAGNOL, *se pressant le front.* Je crois qu'oui.

DESCASTELS. Allez!

CASSAGNOL, *improvisant avec effort.*

Air :

Grands dieux! quel transport, quel délire
Agite mes sens éperdus!
Apollon! prête-moi ta lyre!
DESCASTELS, *l'interrompant.*
Fi! mon cher... on n'en pince plus.

CASSAGNOL. On n'en pince plus?... de quoi?

DESCASTELS. De la lyre...

CASSAGNOL. Ah!

DESCASTELS. C'est classique, antique, mytholo-
gique, épileptique et soporifique.

CASSAGNOL, *dans l'admiration.* Rime-t-il, ce
gaillard-là! (*A Descastels.*) Attendez!

(*Reprenant.*)
Apollon! prête-moi ta guitare.

DESCASTELS, *l'arrêtant.* Mais non! mais non!..

CASSAGNOL. Ah çà! aujourd'hui, qu'est-ce qu'on
pince donc?

DESCASTELS. On ne pince rien.

CASSAGNOL. Ah!

DESCASTELS. Voyons, improvisez à ces messieurs
quelque chose de plus moderne... de plus gentil.....

CASSAGNOL. J'ai une idée.

DESCASTELS. Allez!

CASSAGNOL.

Air :

Messieurs, je voudrais, je vous jure,
Vous trousser...

DESCASTELS, *l'interrompant.* Comment! comment!...

CASSAGNOL, *le regardant.*
Vous trousser un couplet galant...

DESCASTELS. Mais ces choses-là ne se disent
pas... on les fait... On ne dit pas : Messieurs, j'ai
l'intention de vous trousser un couplet galant...
on le trousse... Troussez-le.

CASSAGNOL. Eh bien! troussons-le ensemble...
J'ai une idée!..

DESCASTELS. Allez!

CASSAGNOL.

Air :

Quand on va flâner le dimanche,
Voit-on rien qu'on n'ait déjà vu?
Est-il une pierre...
DESCASTELS, *lui donnant la rime.*
Une branche,

CASSAGNOL.
Un objet qui ne soit...

DESCASTELS.

Connu ?

CASSAGNOL. *à Descastels.* Merci !

(Au public.)

Mais, grâce à vous, nos promenades
Peuvent avoir un but nouveau,
Si l'on voit ici...

DESCASTELS.

Des cascades...

CASSAGNOL.

Qui...

DESCASTELS.

Qui ne tombent pas dans l'eau !

CASSAGNOL. J'allais le dire !

ENSEMBLE.

Faites, Messieurs, que nos cascades
Ici, ne tombent pas dans l'eau.

REPRISE DU CHŒUR.

Courons tous, le plaisir, etc.

FIN.

S'adresser pour la musique à M. Petit, chef d'orchestre du théâtre.

LAGNY. — IMPRIMERIE DE VIALAT ET Cie

LAGNY, — Imprimerie de VIALAT et Cie.

www.ingramcontent.com/pod-product-compliance
Lightning Source LLC
Chambersburg PA
CBHW061634180626
46818CB00005B/2378